# 放假后

鲁引弓———— 著

ZHEJIANG UNIVERSITY PRESS
浙江大学出版社

**图书在版编目（CIP）数据**

放假后 / 鲁引弓著. —杭州：浙江大学出版社，
2017.7

ISBN 978-7-308-17127-4

Ⅰ.①放… Ⅱ.①鲁… Ⅲ.①长篇小说-中国-当代
Ⅳ.①I247.5

中国版本图书馆 CIP 数据核字（2017）第 145463 号

**放假后**

鲁引弓　著

| | | |
|---|---|---|
| 策　　划 | 陈丽霞　谢　焕 | |
| 责任编辑 | 谢　焕 | |
| 责任校对 | 陈　园　杨利军 | |
| 封面设计 | 周　灵 | |
| 插　　画 | 尚亚伟 | |
| 出版发行 | 浙江大学出版社 | |
| | （杭州市天目山路148号　邮政编码310007） | |
| | （网址：http://www.zjupress.com） | |
| 排　　版 | 浙江时代出版服务有限公司 | |
| 印　　刷 | 浙江印刷集团有限公司 | |
| 开　　本 | 640mm×960mm　1/16 | |
| 印　　张 | 13.25 | |
| 字　　数 | 166千 | |
| 版 印 次 | 2017年7月第1版　2017年7月第1次印刷 | |
| 书　　号 | ISBN 978-7-308-17127-4 | |
| 定　　价 | 35.00元 | |

# 目录

# 放假后

## 一、任务

我好奇地看着面前的彭姨。她神秘地笑了一下，说，去老黄那儿干吧，就算我帮你妈一个忙，比你在这儿赚得多点。

暑假刚开始的时候，我在一家快餐店打工。

扫地，抹桌，收拾盘子，每天中午，人声嘈杂，我埋头忙着。

我高一，17岁，对即将迈入的这个社会不甚了解。但我知道钱来得不容易。我来这儿，是为下学期的开销挣点钱。我妈下岗后在一家超市当清洁工，她像牛一样沉默地做，还是没钱。我的爹，在我读小学的时候就跟一个女人跑去了南方。

狐狸精。我小时候总听见我妈这样诅咒那女人。

我知道，这是我们的命。

命，就像一个坑，如果你是萝卜，无论抱怨与否，都只能去填。

我妈就是一只苦萝卜。她的苦脸说明这世界一定很强大很倔。

至少现在，我还看不出我们不是萝卜的可能。所以，我想像我妈一样，做个哑巴蛋，因为说了也没用。

在这个快餐店，我每天埋头赚10块钱。

有时我会遇到我的那些前来就餐的同学。

他们装作没看见我的样子，让我难受。

我在心里骂骂咧咧。难道这说明我们都长大、懂事了？

有一天，有个女人站到了我的面前。

嘿，她对我说，你在这儿呀，我可找到你了。

她风姿绰约地站在嘈杂的餐厅里。她说，我是你大姨，彭姨呀，你不认识我？

她拍了一下我的肩，说，给你找了个单位，我家老黄那儿，你暑假帮他们单位打点杂吧。

我想起来了，我妈的亲戚那边是有这么个彭姨。这么多年来，他们这些亲戚很少来找落魄的我们。所以我不认识她。

我虽不认识她，但我知道她，因为每年她汇给我妈一笔钱，算资助我的学业。我妈说，这恩以后要报的。

我好奇地看着面前的彭姨。她神秘地笑了一下，说，去老黄那儿干吧，就算我帮你妈一个忙，比你在这儿赚得多点。

彭姨的老公黄峰是设计局的局长。我听到了馅饼掉下来的声音，我连忙道谢。

呵呵，她瞅着我，好像有点不好意思了，她说，其实也不全是这样，就是让你帮我看着他点呀。

她搂过我的肩膀，把嘴凑近我的耳朵：男孩，其实不完全是帮你，也是帮我自己。

帮你自己？

对。她说，咱们也算亲戚，直说了吧，老黄那单位风气不正经，那些女的，太狐狸精了。我这么说，你懂吗？

狐狸精！我拼命地点头。

彭姨说她可不想像我妈那样被动。

她说，怎么说呢，对这一点，我相信你比别的孩子更能理解我，所以找你。

她同情地看着我，叹了一口气。

估计我的表情有些愣。她又说，怎么说呢，其实也不仅仅是帮我看着他点，也是帮他们单位，甚至帮我党的风纪看着他点，什么事情一胡来，于小家，于大家，都是问题，成本问题，代价问题。

她是省妇联的领导。她说话有点CCTV。

于是，我在这个夏天仿佛领了一项维护党和妇女权益的任务。

我痛恨狐狸精，小三，二奶！

我还希望多赚点钱。

所以，我决定去。

当然，我还有我的疑问。

"那么，我能帮你看着他什么呢？"

首先是哪些女的有事没事老去他办公室发嗲。

其次，哪些女的最妖媚风骚，想抄近道，上位。

再次，他晚上应酬时，常有哪些女的在陪。

还有，单位里有哪些流言蜚语，关于老黄的。

其实，我心里也有数，是哪几只狐狸，所以你也不要有太多压力，你是去打杂的，帮我去印证一下某些传闻，我也不至于被蒙在鼓里，好有个对策。

"我才17岁，能行吗？"

越小，越有正义感。

越小，眼里越揉不进沙子。

小算什么，放在以前，都是革命家了。

小才能无私。

小才有良心，才没变坏。

小才不会被放在眼里，才不会引起注意。

彭姨把我拉到餐厅的门外，对我说，你去吧，我跟人事处的老黑处长打过招呼了，说是一个朋友的小孩需要社会锻炼，这事不必和老黄本人说，因为小孩不需被照顾。

她交给我一只手机，说，反正我家老黄也没见过你，你察言观色，低调点，有事打电话。她还指了一下面前这条川流不息的大街，说，这社会风气不良，你就譬如趁早社会实践吧，看看这个世界。

我在心里笑话她，别以为我们啥都不懂，其实多少懂点，只是不想说罢了。

她的脸，变得有些凄凉和可怜。从某个角度看过去，像我妈。

# 放假后

## 二、传闻

我看到的是一条短信——"你听说了设计局的'露台门'吗？"

我在设计局的杂物间里捆扎旧报纸，在资料室里擦书架和地板，在各个楼层分发信件。

更多的时候，我坐在5楼电梯口的文印室里帮陈翠萍姨打字。从文印室的大门望出去，对面是黄峰局长的办公室。

那门基本上是合着的。

彭姨让我看着那些嗲上门来的狐狸精。

结果，我发现黄峰局长自己是一只大猩猩——

上午十点，我把报纸送进他办公室的时候，他搂着秘书吴丽娜的手，像触电一样闪开。我脸热到了脖子里。而他人模狗样地告诉我，小子，进来要敲门，这是礼貌。

下午我敲门进去递一份快件，财务张红正好从里面出来。她哼着歌从我身边飘过。我看见那大猩猩的脸上留下了一个口红印。

张红才走，工会的李彩云就上来了。她握着黄局办公室的门把手，扭头，S形，向文印室的翠萍姨笑道，来汇报单位红歌会方案呢。她进去后，里面"噢"声响起。八卦师奶翠萍姨拎着个水瓶，蹑手蹑脚过去，推门，装作送水。门开刹那，只见李彩云揪着那猩猩的口红脸颊，在吃醋哪。

儿童不宜！

我是少男，平时最多瞧瞧早恋的同学在公交车站搂搂抱抱，哪有这个劲爆。西门庆南霸天张二江徐其耀张宗海李庆善韩峰日记……我又兴奋又想骂人又想偷窥，我把能想起的这些名字在心里全送给他，还压不住心跳。这头猩猩。怪不得彭姨要我看着他呢。只怕她没想到要我看的竟是三级片。好衰啊。

我去杂物间清理垃圾，脑子里全是他伸向吴丽娜的那只胖手。研究生陈朵朵从杂物间前疾走而过。流氓。她嘟哝。我以为她在骂我。其实她压根没看见我。她刚从黄局长办公室出来。

怎么啦？

非礼了？

朵朵落荒而逃。

看着他个屁，我对着垃圾桶踢了一脚。这道貌岸然的花猩猩。

开除！让彭姨直接把他开除出家门拉倒。

我这样想着。彭姨的电话来了。

她问我，这两天干得怎么样？在单位还习惯吗？

我知道她想问什么。我支吾着，因为我不知如何说他是头猩猩。

没想到，她在那头说，你过来一下。

我跑到了彭姨上班的省妇联。

她在大门口的树下等我。她对气喘吁吁的我叹了一口气。她把手伸给我看，掌心里是一只手机。

她说，你看，你看，你看。

我看到的是一条短信——"你听说了设计局的'露台门'吗？"

我告诉彭姨办公楼顶是有个露台，但光秃秃的，没有门啊。

彭姨突然涨红了脸，说，是"艳照门"的"门"，也就是说有人在露台上做爱。

从没一个大人，更别说是女的，和我直说这个。

我没听说过"露台门"。但看着彭姨那颓样，我差点要把"摸奶门"、"口红门"统统倒给她。因为一整天我眼前都在晃那只伸向吴丽娜的胖手。

我说，你是说狐狸精在露台上？

她说，我也不知是真是假，是否事关老黄。

谁发的短信呢？

她说，我表妹。

原来，彭姨表妹今天下午去医院看病，排在前面一男的，握着个手机，在和那头说他们单位闹"露台门"啦，"够彪悍，晚上在办公楼露台上搞"。表妹越听越不对劲，因为那八卦男在说设计局，绯闻男主角好像是个头，而女的呢，因为是晚上，看不清，结果成了个谜。

彭姨抬头看着暗下来的天色，说，我不知道是不是在说老黄，我不知道是确有其事呢，还是造谣，我不知道是哪个局长闹了"露台门"。正的，还是副的？我还不知道是不是老黄的对手在搞他。

屁，我在心里对彭姨说。

我猜定黄局无疑。我想象得出这大猩猩在露台上的盛况。

肯定不是去看星星。

开除。我冲动地对彭姨嚷起来：

开除了算了，还要他干吗！

彭姨被我吓了一跳，接着她居然笑起来。她压低声音说：

如果他没花花肠子，我会让你盯着他？

我开除了他，不就便宜了那些狐狸精，结果还不知道是谁开除了谁呢，我不就真的像你妈那样了？

我要打退那些小三。

不仅要打退小三，还得打退那些要他好看的人。

那些也不是什么好人。

他不能倒，他该有的，就不能少了我，所以，他不能倒。

我要的是证据。我要捏的是他的把柄。

我要做的是对付那不要脸的狐狸精。


彭姨说这些的时候，拍了拍我的肩，说，他倒了，你也不可能在这里打工赚钱了，他不倒，说不定你以后大学毕业了，还能进这单位。所以，我们要保护老黄，批判地保护老黄。


这个我懂。她念叨"老黄"时的神情有点贱，我不知该鄙视还是可怜。

"高老头。"

我在心里诡异地叫唤了一声我政治老师的绰号。

我发现我这一阵老在心里叫他。高老头，快来给他们上课吧。奶奶的，别尽知道给我们念经啦，我们都懂啦，该给他们上上了吧。

面前的马路上很堵，黄昏时分，车灯、霓虹灯、汽车喇叭让四周的一切看着假惺惺。我17岁，知道这个我正在跨入的世界，和课本上讲的世界不一样。我劝她别急，"还不能确认那人就是你老公"。

她说，所以，你得帮我注意那个露台，那个男的，是老黄还是那几个副局？尤其是，那个女的是谁？

她因为心急，对我没了顾忌，就像这世界，对我早已不再掩饰。

于是我想痛扁点什么，随便什么。

这念头好像早潜在我心里。

而她推我到了侦探的前线。

# 放假后

三、吹个牛

我瞥了一眼她留在我桌上的那张纸，上面写着"黄峰黄峰黄峰"。

于是，我认定"露台门"女主角一定是她！

在楼里，我竖起耳朵。

可惜，没有"露台门"的流言。

我只听见黄局长在办公室里训人：

"价值观呢，你的价值观呢！"

我攘着拖把，从他门前拖过。我不知道他在训谁，但我知道他在装B。


中午，我溜到七楼，顺着天梯，攀上露台。

太阳很猛，露台上空无一人。我在楼顶上跑起来，感觉像柯南一样。大猩猩在这里乱搞，被偷看的角度可不止一个哦，除旁边环保局的楼房外，还有就是那个上来的天梯口。我对着远处的高楼叫了一声：大猩猩！

我听见有人冲我咳了一声。

我扭头看见研究生陈朵朵正坐在那边堆着旧地毯、旧桌椅等杂物的台阶背阴处，手里拿着几页稿纸。

她看着我。

我不自在地说，哈，你在干吗？

她没理我。她低头看纸。

我听到她在念着什么，可能是准备什么演讲吧。

我悻悻地走回天梯口，准备下去。

我攀到铁扶手上，发现朵朵正似笑非笑地盯着我，像看透了我的鬼祟。

她仰脸撩了一下长发，说，我在这里透口气，小孩，每个人都得有个私人空间，这里是我的私人空间，你少来。

我下到七楼阳台，心想，可能是她。


阳台上两个男人正在抽烟，他们见我从上面爬下来，相视一笑，其中一个嘟哝：操，"露台门"。

他们以为我听不懂，呵呵笑起来，继续聊天。

我像被一盆凉水给激了一下。我从他们身边走过。我想莫非这楼里的人早已心照不宣？


我回到文印室，见翠萍姨正捧着一只大苹果在削皮。

我来这儿才几天，就发现她挺极品。比如她削这苹果，可不是为自己吃。

她每天中午给局长黄峰削个苹果，送过去。

她像个好心肠的保姆。她说，饭后吃个水果，老黄这个年纪需要保养了。

她坐在那儿削皮，皮拖得老长，一点都不会断。

只是今天她略微撅着嘴。


今天她把削好皮的苹果放在茶缸口子上。一直没送过去。

因为对面黄局长的门关着，里面有别人呢。

我看着那只"马屁苹果"的颜色都变了。

后来她拎起它递给我，说，小孩，你吃了吧。

我吃了苹果。她捧起另一只继续削。她说，我就喜欢削皮。

看样子，对面一时半会儿都没完。翠萍姨的苹果皮削得精益求精，像一条细绳。

我看了对面的门一眼，问，翠萍姨，谁在里面啊？

李彩云。她抿嘴笑道，我就奇怪了，这女的需要这么长时间，在聊啥呀？真是太搞了。

太搞了！她像恍悟过来：呵呵，单位要竞聘副处长了，那些女的……

也可能她突然意识到我是一中学生，就摇头笑道，呵，小孩，你现在还不懂，这些笑话呀，会写的人啊，可以写三个长篇，来，再吃一个。

她把削好的第二只苹果塞进我的嘴。

我一边咬一边笑。我怀疑，对面的门再不打开，我得吃她正开始削的第三只苹果。

"看你笑成这样，是看这些人有趣死了吧？"她瞅着我笑道。


我眼前一亮——这最好的消息源不就近在眼前吗！

于是我说，你是说李彩云很逗吗？她不是挺好看的嘛。

哟。翠萍姨叫起来，小男孩，你也知道好看。你觉得她好看？

我说，好看。

就嘴巴大。

安吉丽娜不也大嘴吗？

那下巴尖得能扎人。

范冰冰不也是锥子脸吗？

于是她炯炯地盯了我一眼。她告诉我现在的女孩确实是一个赛过一个漂亮，现在有技术可用啦，化妆种眉割眼皮，甚至整脸，

"可不像我们以前，你注意过没有，李彩云那鼻子"。

我说，鼻子怎么了？

她说，没什么。就埋头继续削苹果皮。

我就夸翠萍姨今天穿的裙子漂亮，像中学生一样。她一高兴，就谦虚，老了老了，年轻时也算漂亮过。

那时你是"局花"吧？

哟，那时可不兴叫这个，可不像现在，人人都敢称美女，现在的机关小娘子啥都懂，姿色都当武器在使，小孩，不和你说这些了。

话虽这么说，但她还在唠叨。她问我觉得这楼里哪个阿姨最漂亮。

我说，李彩云第一，吴丽娜第二，张红可能以为自己漂亮，但其实一般。

她瞅着我笑，呵呵，小孩，还看出了点门道。

她说，张红啊，一大饼脸，也够勇的，呵，不和你扯这个了。

我说，其实，最漂亮的是朵朵。

她说，那女孩有戏，对局长的眼。

我说，局长喜欢的都是厚嘴唇。

坏胚。翠萍姨伸手捶了我一拳，笑道，我就看出来了，你这小孩心里阴暗着呢，这些不是你该留心的，去去去，一边打字去。

我在一边"啪啪"地打字，李彩云终于出来了。

她没下楼去，她扭着进了文印室。她舞着手里的一样什么东西，对我们说，给我张纸，给我张纸。

翠萍正准备拿起苹果往门外走，见李彩云进来，就问，什么纸，卫生纸？

李彩云没鸟她，伸手从我桌边的打印机上拎过一张A4纸。她

打开手里的小盒，取出一支笔，往纸上写，嘿，真滑，手感真好。

翠萍问，什么笔啊？

万宝龙。

你看，上面还有一颗小钻。

很高级吗？我插嘴。

她没理我，她对翠萍说，老大给的，今天他生日，我没准备礼物，他倒给我礼物了，够哥们吧。

是他在哪儿开会时发的吧。翠萍说。

李彩云压根没在意，她说，我送点什么给他呢？我送点什么给他呢？要不，待会儿去买把花。

她就"嗒嗒嗒"地往外走。她回头看了一眼翠萍，说，哈，翠姨，你这裙子好萝莉啊，就是不太配你的鞋，得换一双平跟的。

她举着笔，高调出门。

我瞥了一眼她留在我桌上的那张纸，上面写着"黄峰黄峰黄峰"。

于是，我认定"露台门"女主角一定是她！


我对翠萍说，看到了吧，老大最喜欢的是她。

屁，翠萍说，喜欢她？凭什么呀，一个茶厂推销员，还不知是怎么混进来的。

她高深地微笑了，眼睛看着那头的角落，像是在对空气说话：老黄就这软肋，我太知道他了，他和我是同时来单位的，那时我们不知有多要好啊……

她像要显示她和老黄有过什么似的扭过脸，看着我。风姿犹存的脸意味深长着，超雷的，好像在说，你不知道我和他有多亲。

她说，万宝龙？老黄是嫌她太黏糊，打发她呢，前天晚上他还亲口和我议论她呢，他心里清楚着呢。

翠萍屁颠屁颠地拿着那个苹果，奔去了隔壁。

我的妈呀，难道"露台门"女主角是翠萍？！

我去楼下打水，路过工会办公室，看见里面的人都在传看那支笔。哗声一片。

李彩云坐在中间，美滋滋着呢，气场接近女神。

我17岁，都懂这真他妈丢脸。

她把它搞得这么高调，是为了宣布自己和局长有暧昧？

我想，她是不是有病？

我拎着水壶，回到文印室，见翠萍和张红在聊着哪。她们说，那女的，到处在吹老大和她最好，也太搞笑了。

我知道她们在说李彩云。

正说着，秘书吴丽娜进来了，她说，晚上老大这边有个饭局，你们要不陪一下？

翠萍一把搂住了吴秘书的腰，夸她的发型潮，她说，好啊，今天还是他生日呢，咱去给寿星祝个寿吧。

她们三个凑在一起，商量给他送个什么礼。她们还说李彩云的那支笔。她们笑成了一团：李彩云是在制造声势吧，想吓退这次她的竞聘对手吧，想让人明白她上面是有人罩的吧，想让人明白她和老大暧昧吧，屁，有趣死了，谁说老大最喜欢她……

雷光闪闪，震得我茅塞顿开：

原来是想假老大之威啊。

怪不得这些女的个个暗示自己与老大最暧昧，可能还巴不得别人猜她们是大猩猩的相好呢！

我咬着手指甲想，这里的女人怎么了？

我想彭姨会疯的。

她们聊成一团，像统一战线，更像传说中的闺蜜。

她们的叽喳劲儿，哥实在受不了了。我溜到门外。

手机这时也响了，彭姨来电话了。

# 放假后

## 四、夜行

于是我告诉彭姨，这些女的今晚要给老黄过生日。

她在那边愣了一下，然后讥笑了一声，瞧，连我都没这个用心，她们倒是见缝插针，真会插。

彭姨在电话那头问：怎么样？

我脱口而出，这活我可干不了了。

我想我没说错。打听那些事，绝对让人变态。

她就有些急，说，你听到什么了？告诉姨。

我说，这个地方很变态。

她说，正确，不变态的就不是单位！那个"门"到底与老黄有关没？

我说，还不清楚，但设计局里的人好像压根没当它回事。

我心想，我没说错，这里的男人，可能都没用，这里的群众，都能忍，活该看着李彩云她们傍人上位。

彭姨在电话那头说，你看看，你看看，恶心被当作平常，这不是一个单位的现象，而是普遍性的。

彭姨一急，就字正腔圆，像CCTV。

我打定主意，要撤。

她说，这事的确难为你了，你还是小男孩，这事太婆婆妈妈了，好了，算了，姨也谢谢你了，你别再管这些事了，继续在老黄那儿打工吧，趁假期多赚点钱。

我听出了她对我的叹息。

我妈说过，别看我不声不响，其实心肠很软。

于是我告诉彭姨，这些女的今晚要给老黄过生日。

她在那边愣了一下，然后讥笑了一声，瞧，连我都没这个用心，她们倒是见缝插针，真会插。

彭姨揿断了手机。

一会儿之后，她又打过来，吩咐我去打听一下他们在哪儿搞。

她说她要去那儿参观一下。


七点多，我和彭姨在"又一春"门前的花坛边碰头。

她冷静着脸，让我和她站在左边法国梧桐的阴影下。

那酒店门口人影晃动，风吹过，让我有点鸡皮疙瘩，这像是一次伏击。我莫名地兴奋起来。我说，他们在"彩蝶厅"，走啊。

她一摆手，说，慢，我倒要先看看，不先观察清楚，倒显得我不够大气了。

九点了，他们才出来。

大猩猩是被莺莺燕燕架出来的。左手一个张红，右手一个翠萍，还加上一堆夹在怀里的玫瑰花。

有一股妖气。像周星驰一样逗笑。

他们站在街边说BYE。但BYE后，他们好像还恋恋不舍，就决定一起步行。"走啊，我们陪老大步行回去，走。""老大，你一辈子得记住今天的浪漫。"

她们唱："如果你的生命注定无法停止追逐，我也只能为你祝福，如果你决定将这段感情结束，又何必管我在不在乎……你走你的路，直到我们无法接触，我也许将独自跳舞，也许独自在街头漫步……"

她们拥着他，走过了两个街口，还在向前进。

彭姨脸上挂着冷笑。

我们远远跟着。

她说，看见了吧，当前中国妇女的压力。

她说，看见了吧，当老婆的压力，当女员工的压力，正不压邪的压力，给什么逼的？

前面人影的奔放，让我觉得她可怜。我说，姨，你别管他妈别人了，你管你自己吧。

她突然呜咽。

我看着前面歪歪斜斜走着的她们，说，女人何苦把女人逼得太狠。

彭姨放声痛哭。她说，你怎么这都懂？

我说，电视剧里不都在说？


她们漫步了一个小时。她们在彭姨家的楼下告别。她们说，不上去了，不上去了，你老婆要吃醋了，我们不上去了。拥抱一下吧。

那大猩猩早已不省人事，被她们轮番拥抱。随后被司机陆虎架上去了。

她们笑着，各自打车走了。


彭姨站在楼前的阴影里，连站出来迎面阻击的力气都没。

这让我很失望。

看她衰成这样，我想还妇联的人呢。

也可能，这年头妇联的对手是妇女自己了，就不好搞了，就得有男子汉来帮衬了。

这个抱不平我打定了。我17岁，血和正义往上涌。

# 放假后

五、我的同盟军

我惊得下巴都快掉了，因为那男的不是大猩猩。

李彩云站在走廊上唤我"过来过来"。她要我把她座位周围的地拖一遍，因为她又碰翻了一杯咖啡。

　　李彩云唤我"过来过来"，把她乱得像垃圾堆一样的桌子上的旧报刊丢出去。

　　李彩云唤我"过来过来"，把她种死了的绿色植物的花盆端到楼下去。

　　李彩云唤我"过来过来"，去楼下食堂帮她把饭菜打上来。

　　李彩云唤我"过来过来"，帮她去二楼开水房拎一桶水，午休时她想泡个脚。

　　……

　　她唤我像唤一个小仆，走廊里全是她事儿逼的声音，让我觉得她很贱。我想，这妖婆在大猩猩跟前体贴奴颜，像个丫环，是不是她一出了领导的门就以为自己是女皇啦，也需弄个人来侍候？

　　有天，我在走廊里擦洗栏杆，她练了健身操回来，背着个双肩包，从我身边过去。隔了一会儿，她拎了一双鞋子过来，说，帮我丢了，或者拿回去给你妈也行。她看了一眼正走过来的翠萍，说，名牌哪，今天倒霉，被马路牙子硌了，划了道痕。

她牛叉的表情还以为多了不起。

"哦，是双鞋子啊。"翠萍瞟着李彩云远去的背影对我说。她拎过我手里的鞋，对它笑道："名牌破鞋哪。"

她把它丢在地上。

有天晚上，我帮翠萍打一个文稿，我打字速度不快，文稿很长，我打到了九点多，去了一趟洗手间。走廊里悄无声息，楼里的人都下班回家了。我从洗手间出来，看见一个背影正走上了七楼的楼梯，我一眼就认出那是李彩云，因为她高鞋跟的声音和盘得高高的头发。

我的心一下子狂跳起来。

别走开！

骇人听闻的"露台门"大揭密，就在今晚！

我可怜的彭姨。我念叨了一下她，就悄悄跟着上了楼梯。

我把头探到七楼阳台通往露台的天梯口，头顶上是我们城市暗红的夜空，我听得见我心脏"怦怦"跳着的声音。我看见李彩云正站在远远的那一头，和一个男人搂在一起看星星哪。看着看着就亲成一团。

月黑风高，肉麻风骚。

我惊得下巴都快掉了，因为那男的不是大猩猩。

他瘦得像根竹竿。

是常务副局长韩喜秋。

我差点叫起来，因为有一只手拉了一下我的裤筒。

我低头一看，我下面的梯子上，站着一个女的。她正仰头看着我。我羞到快跌下去了。那女的对我"嘘"了声，我让开了一点位置，她就攀上来了，和我并肩站在天梯上。我这才发现，她也是一个小孩，头发超短，和我差不多大。

"你是谁？"她问我。

我说："你是谁？"

板寸头女孩看着那边，咬着嘴唇说，那死鬼是我爸。她扭头瞟了我一眼说，那个骚货是你妈吧？

我说，是你爸？

她瞪着那边，没回答我。

那边一双黑影，靠在栏杆上，像两个八爪鱼正黏糊在一起。我听到我"怦怦"的心跳。

恶心。板寸头女孩说。不堪入目。她说，我跟了几天，终于给我逮住了，去死吧。

我想，我居然遇到了个同盟军。

她说，冲啊。拉了我一把，就往上冲。

一股热血直奔我脑门。我瞥见露台墙角不知谁挂着一条黑雨衣，就撩过来，披上了，拉上雨衣帽，跟着她往露台上冲。

我拿着手机对着那边"啪啪啪"地开拍。

我听到李彩云尖叫了一声。

# 放假后

六、跟踪

我纳闷地想着司机陆虎的阴影和李彩云冲我没头没脑
说话的诡异，差点迎面撞上一辆自行车。

李彩云尖叫了一声，板寸头女孩没顾着她，而是直扑她爸。

板寸头推搡她爸，宇宙爆发，"抓小偷啊！抓小偷啊！"

我杀到跟前，电闪雷鸣，风纪出击。我拿手机对着他们就是"咔嚓"。我恨偷鸡摸狗的贱样。我才不怕你们。我恨不得逮的是我那爸。我才不怕你。

老韩忙不迭地扣衬衣，狼狈地说，贝贝，不要这样。

我对着李彩云"咔嚓"。她的连衣裙刚才被老韩褪在了腰上，摇摇欲坠着哪。她捂着胸，冲我一笑，说，你们来了。

顿时我傻掉了。

我都罩在这黑雨衣里了，脸被风帽遮住大半了，她还能认出我？

再说，即使她认出我，也不至于笑啊。

接着她就像一影后，对着夜空哭诉："猥亵哪，这老流氓说找我谈工作，强奸未遂哪……"

她这一喊，板寸头女孩放开她爸，扑过来，九阴白骨爪，扯住李彩云的头发，扭打在一起。"你才流氓，你这小三，我让你勾引人，去死吧。"

老韩一挥手，打了女儿一耳光。

女孩说，你打我？！为了小三，你居然打我。你打啊，你打啊。她号啕大哭。

李彩云对我嘟哝：你们是谁啊？

"给我站远点，你这狐狸精。"

我的脸沉在帽子的阴影里，我把对板寸头的同情压进嗓子。

我听见露台晒台台阶那边有动静。

阴影里站着一个人。

陆虎。黄峰局长的司机。

那个秃头。

他正在飞快地走向天梯，想要离开。

我突然就一阵诡异心悸。


李彩云现在好像醒悟过来，撒腿就跑。

这疯狂的娘们，一边顺着天梯往七楼阳台攀，一边说，我们啥都没做，啥事都没。

她现在算搞明白了板寸头是老韩的女儿。

她现在八成认为我是板寸头的哥们，来为韩家"维稳"了。

那边板寸头在和她爸哭闹，"去死吧！"平时一脸不鸟人样的老韩，现在像一个可怜的乞丐。他说"轻点轻点"。但贝贝的声音响彻夜空。

趁乱我赶紧溜下了露台。


我逃出单位，往家里去。

一路街灯。已经十一点了。

我掏出手机，边走边看那些狗血照片。"是否成人的世界背后总有残缺，我走在每天必须面对的分岔路……"街边小店，一台电视机里孙燕姿在唱《天黑黑》。它在夜里的街边飘，我靠，真是首好歌。

我边走边看那些狗血照片，像揣了一张黄碟。

我纳闷地想着司机陆虎的阴影和李彩云冲我没头没脑说话的诡异，差点迎面撞上一辆自行车。

我17岁，对大人的乱搞，有兴奋和痛恨；对大人瞒着我的秘密，有遏制不住的兴趣。我17岁，好些事，别以为我不知道。

我穿过铁马巷，往工人新村走，那是我的家。

巷子里一溜洗头店，那些女的都在向我行注目礼。

其实每天晚一点回来，都是这样。

她们向我低声说着些什么，我飞快地逃过去，在她们面前像一个弱势群体。别以为我不知道，这世界上乱搞的事。别以为我不知道。

我还知道，我妈最操心的是我每天路过这条巷子。

回到家，妈还没睡，她问我怎么这么晚。

我把手机藏进口袋，说，工作很复杂。

我钻进卫生间去洗脸，镜子里的脸好像很远很暗。

我听见我妈在外面说，你在里面待那么久在干吗？

卫生间里有我"咚咚"的心跳，我还没从刚才露台上狗血的事里出来。

当夜，我做了一夜的怪梦。

我对自己说，都是乌七八糟的事，是不是该撤了？

# 放假后

## 七、照片

她说，我要和我妈一起把它公布于众。

我要把他的丑行公布。

早晨我在走廊里拖地。我想，做完这个星期，领了钱就走人。

一阵香风袭来。

我看见李彩云这妖精忽溜一下扭腰进了大猩猩的办公室。

我想，这女人到底是在和谁好？

我心"怦怦"地想着黄峰、老韩和李彩云三人组，情色铺天盖地。

翠萍姨从我身边走过，她对别人说：

"这孩子闷声不响特爱干活，是劳模的命。"

她刚表扬完毕，李彩云哼着歌从大猩猩那儿出来。这神，站在走廊里大呼小叫地喊我去楼下帮抬卫生用品。

我扛着一箱洗手液，抱着几刀卫生纸跟着她往楼上走。

她腰扭成那样，鞋跟响成那样。神呀。被人拍了照，还视如鸿毛，稳如泰山哪。

我BS李彩云。但我发现，这神还真的超牛。

中午我去食堂吃饭的时候，看见红榜贴在楼下的公告栏里，她荣升新设立的总务主任。处级。

还有张红、吴丽娜……也都在榜上。

那些看榜的人，挑着眉梢，抿着嘴，像消化不良，又像在忍着一个屁。

我半懂不懂地跟着笑。

我BS他们憋屁的样子。

我BS这些没用的男人。我想，说说有什么用呢？你说得再逗，也就背后动嘴皮的本事。李彩云可能还巴不得你们只在背后动嘴皮，又不会死人，气死的是你自己，你嘴利得像韩寒也没用。

我从他们身边走过去。其实，他们像一群受气包让我也有点郁闷。我想，是不是人长大了就得是受气包？

我想，以后我也是一个受气包吗？

我绝不能是。我摇着手里的饭盒，一只勺子在里面"咚咚"地响。


下班的时候，我刚从单位出来，就听到有人叫我，我回头一看，嘿，是板寸头。

她站在邮筒边，向我招手，"来一下"。

我看见她就很高兴，像个老朋友了。

她说，请你吃冰。

我说，干吗请我呀？

她说，那天晚上你我打了一场胜仗。

我听了就笑，她这么说，让我觉得很带劲。


我和她站在路边的"冰王"门口。

她说，我知道那人不是你妈。

她说，我跟了你一天，才知道不是。

我说，你跟我，我怎么没发现。

她笑，我最拿手跟踪了，相当专业，告诉你，我表哥是警察，搞侦探的，我向他学。

我说，你高几的？

她瞟了我一眼，说，我职高，学做西点。

我好好瞅了她几眼，她说话像老外一样手势很多。

我说，你爸那事结果怎么样？

她说，正找你呢。

我告诉她我是受人之托，结果发现盯错了男主角。

她咬了下牙齿，说，没盯错，对我来说。

我说，可你爸不是我要管的对象。

她说，把照片给我。

我说，你有用？

她说，我要和我妈一起把它公布于众。

我要把他的丑行公布。

他这花花肠子。

他这不要家的花爹。

他这整天骗啊骗的死人。

我妈为他流的眼泪几公斤都不止。

他不要这个家了，我得让他身败名裂。


身败名裂个屁！

我说，那楼里谁不知道那些大猩猩和狐狸精在胡搞啊，也没见身败名裂啊。

她鄙视了我一眼，说：

所以，我得教训他们。

我倒要让他们看看，他们变成了什么。

我要让他们看看，他们身后的家和小孩答不答应。

她站在街边，像一团火苗，"呼呼"地冒着烟。

我脑袋上好像也开始冒烟了。

我从小就没完整的家，但我同情人。

别怪我有正义感，我还是中学生，当然有正义感。

我把我昨天晚上想撤的念头丢在了脑后。我拿出手机，给了她，说，你去拷贝吧。

当天晚上她来我家还手机的时候，对我说她要建个网站。

我说，你别不是想搞成"韩峰日记事件"吧？

她笑了一下，说，比韩峰日记还要巨大、牛B闪闪。

她说，我的网站叫"抗击二奶网"。

她言语麻辣，报复神色，强到胜天。

# 放假后

## 八、对劈

我端了一下墨镜，它老滑到我的鼻尖上来。我说，
他，就是早在那儿等着你的证人！

第二天中午，我手机狂叫。是板寸头贝贝叫我。

她说她在马路对面。

我出了单位的大楼，看见她果然在街对面向我招手。

她问我，听见风声了吗？

我说没。

她说，怎么会没呢？

她指着设计局大楼、竖眉追问我的样子，像个执拗的傻妞。

我心想，这妹妹倒好，也把我当成了线人。

这些女的怎么了？大大小小，难道现在都需要一个盯老爸盯老公的耳目？

我说，你是说你爸？我还真的没听见风声。

她说，没有？那也是风浪前的前夜！

你知道吗？她压低嗓门说，我的网页昨天晚上挂上去啦，一眨眼，跟帖超千，热疯了。

烈日当头。这冒着腾腾热气的报复女孩。

我看了一眼街对面的设计局大楼。台风眼是平静的。

我和板寸头进了街边的网吧，她给我看她的"抗击二奶网"。

我靠。这照片也贴得太凶了，都快成摄影展了。全是那天夜里我手机拍的照片。

怎么样？板寸头问我。

像黄网，我说，不知为什么就像黄网。

她犀利地瞟了我一眼，说，它就是黄网。

我说，低俗，你没把这事搞到高度。（这是政治老师高老头的口头禅，他总说我们答题没到高度。）

板寸头说，韩喜秋本来就低俗。

她较劲的样子让我觉得这女人认知水平很差。我告诉她，你别看韩喜秋低俗没人帮咱管他，但网上可有人监管咱。你迟早会被屏蔽的。

她说，那就往高度整呗。

她雷厉风行，用百度搜索历代名言，人品的，人性的，劝诫的，恐吓的，开粘。

"富贵不能淫"、"色字头上一把刀"。全是高度。

而我，则帮她粘贴了一段政治课本上的"八荣八耻"和社会主义核心价值观。

这一整，奇迹发生。

她幼稚的网页，气场立马大变。

正气凛然，看不出是小孩在抢救她爹。


板寸头极为满意。

她说，这事一定会搞大。

她发热的样子，让我又兴奋又紧张。

她说"搞大搞大"的样子，像极了我家隔壁被人骗了的陈珊姐姐。

陈珊抱着个肚子对我妈也这样说过：搞大，把事搞大了，他就臭了，就不能不对我负责了。

我想起了邻居陈珊，就给板寸头的网页加了个标题——"悲情女儿怒扛狐狸精"。

效果哪，网上如火倒油。好像有一群人一直守在网的那边等我们。

悲悯的，支招的，陪哭的，笑的，骂的，啥都有。

我也写了几条，立马被卷进共鸣的口水中。

我想，这些正义的人们平日藏在哪儿呢？

我环顾四周，那些正在玩游戏的家伙，一脸愣样，不是我们的人。

板寸头再次打电话来的时候，是第二天下午。

她说，快来快来，我爸和那个妖精杀过来了，你得来，给我压个阵。

我说，你在哪？

她说，我家门口的莎菲茶馆，我不能把这事搞进我家，我妈会崩了那傻女人的。

我说，如果我被李彩云认出来，我还怎么在这儿打工呢？

她说，给你化妆一下。

我冲动地去了。

我想，我大不了不打工了，我本来就只准备做到这星期结束。

彪悍的人生就是这样开场。

我坐在茶馆包厢的里侧，戴一顶花边圆帽，罩着板寸头的裙子，挺变态的。

她还让我戴上一小墨镜，拿着个笔，像个记录员。

即将来临的交锋，让我兴奋起来。杀杀杀。我想着李彩云、韩喜秋、大猩猩的鸟样。

老韩进来的时候，我的手机突然响了。

我一听，是彭姨。彭姨说，你在哪？我说，我在外面。

她说，发生"艳照门"了，听到风声了吗……

我捂着手机说，我正在从外围了解哪。

我揿掉了手机，对这妇联同志的草木皆兵，突然很BS。

老韩正在对他女儿说，你给我从网上拿下来！

板寸头说，有勇气做，干吗没勇气展览。

老韩说，大人的事你不懂。

板寸头挑衅似的从书包里拿出一把照片，OMG，就是那些照片，她居然洗印出来了。她像玩扑克似的洗牌，装模作样地欣赏。奶奶的，我服了她。她阴阳怪气地回答她爸：偷鸡摸狗的事有什么懂不懂的？

老韩说，谁教你这么说话的？是你妈吗？

贝贝没理他，继续看照片。

老韩气急，他不住地问：你拿不拿下来？！

正说着李彩云到了。

她对板寸头笑得像朵花，她说，小姑娘，姐喜欢你的发型。

她凑过去抚板寸头的肩膀，说，很酷的女孩子。

她瞟着桌上的照片，说，哦，在看这些照片啊，姐觉得不好玩，一点都不好玩，你伤了姐姐，其实压根不是你想的那样……

板寸头一把推开她的手，没睬她。老韩正在说，大人感情的事你不懂，我和李姐是有感情的。

板寸头贝贝和李彩云都被这话激了一下。

板寸头说，你那点感情，我不想懂，但你记住了，家是永远不能谅解的地方！

李彩云说，老韩，你也不能这样乱说，哄小孩，也不能乱说。

李彩云顿了一下语气，侧过脸对贝贝细语：这事的真相是，那天我被你爸强奸未遂，我原来也想算了，谁没个冲动的时候，你爸也是老上级了，但贝贝你这样声张，只会对你爸不好。

贝贝说，屁。

老韩瞪了李彩云一眼，说，什么话，现在的小孩，你别想骗她。

李彩云说，老韩，你不是未遂是什么？我是受害者哪，我受了害还被你女儿侵权了。

老韩说，你说啥？

李彩云没理老韩，她用手轻抚贝贝的手臂，她说，你爸那天晚上约我谈工作，我还纳闷，谈工作怎么要到露台上谈，我哪会想到他怎么这么不要脸。

老韩说，你别××了，你想唬她，也别损我的形象。

你有啥个屁形象，你不要脸不说，你女儿让我见不得人了。

他们就开始斗嘴。

狗血狂溅。

我和板寸头统统傻掉。

他们吵得我听不真切他们到底有哪些逻辑，只听到李彩云尖锐的声音，和她耸动的叫喊。

李彩云说，天杀的，你不是未遂是什么？

李彩云说，你不是耍流氓是什么？

李彩云说，别装了，你搞我，别装什么感情了，是想搞黄局吧，变态！你知道我和黄局要好，所以想搞我，让他好看，控制

我，对他使坏，心理变态狂！

李彩云冲着贝贝怒吼：你给我把照片取下来。我要去告你，告你爸，骚扰，强暴，侵权！

我和贝贝彻底傻掉。

我不知道老韩是傻掉了呢，还是被点中了穴位。反正一男一女拉扯起来。

我和板寸头被他们忘在了一旁。

我们看着他们绕着我们的桌子，飞来奔去，像看魔幻大片。

李彩云一边打一边叫，我有证人，我有证人，强奸未遂，强奸未遂！

服务生慌张地探头进来，又缩了回去。

而李彩云像唱戏的腔调，一下子接通了那天露台之夜我的诡异之感。

我突然就有点明白。

我拿过桌上的那些照片，挑了一张。我冲着他们喊：别打了，别打了。

他们没理我，继续对打。

我站起来，说，住手。

他们看了我一眼，继续打。我突然想起来，我男扮女装着呢，靠，这花裙子，我憋着嗓子说：证人在此！

我把那张照片丢向他们。

这足够惊人。一刹那，空气静下来，他们静下来。

老韩捡起照片。

在哪？

看照片左上方的那个角落！

角落?

一个人影。

一个人影?

看见台阶旁边一个光头了吗?

小虎?老韩古怪地看着我们说,司机小虎怎么也被拍进了?

我端了一下墨镜,它老滑到我的鼻尖上来。我说,他,就是早在那儿等着你的证人!

妈的!老韩转身给李彩云一个耳光,原来给老子下套哪。

李彩云像一头愤怒的母狮,飞手,一把抓住老韩的下半身。我靠。老韩嗷嗷直叫。

李彩云尖声说,你这个老不正经的,变态狂,赖上我的目的是为了拉我治黄峰吧,别人都看不下去了。


李彩云被老韩揪在地上。他们唾沫横飞,扭成一团。

对手内部先乱了。

他们没时间顾我们了。

我拉起看得目瞪口呆的板寸头,撒腿就撤。

# 放假后

## 九、猜一猜，东风西风

板寸头看着我，目瞪口呆，她说，我发现你特适合搞情报，我发现你特可怕，你才这么大就懂这些……

我穿着大裙子跑到了马路上。

贝贝跟在我后面不停地问：到底怎么回事？到底怎么回事？

我拼命地跑，只有没命地跑，好像才能压住心里的邪乎。

我想着老韩李彩云可能还在莎菲的地板上打哪。

我想，那些谜团原来是这样的啊。

妈呀，迎面还遇上了我的班主任李凰，她提着个包，好像要去哪儿上辅导课。

我这身大裙子，我都要疯了。

好在她在我们前面10米的地方，穿过了马路。

我看着她的瘦背影，突然很可怜她。

她知道她的学生像个侦探在盯梢别人家的色老公色老爸吗？

她知道她给我的全是正面教育，但我一眨眼变成了一个风纪小警察吗？


我和板寸头狂奔到第七街的路口，站住了脚。

我说，我长大以后，不想上班。

我说，这上班的事，怎么像暗战。

我说，反间计、美人计、孙子兵法都用进办公室啦。

我说，我们的爸妈上这样的班，真是太惨啦。

板寸头贝贝一把掀下我的帽子，一把夺下我的眼镜，说，你别感叹人生了。

她说，快说快说，到底是怎么回事，他俩到底是怎么回事？

我说，那天晚上我们冲击的"露台门"可能是个局。

李彩云和黄峰局长下的局。

李彩云是黄局的人，你那老爹想策反李彩云这个妖怪，就想拿下她，然后将她像暗哨一样打入黄局的深处。

但你那爹高估了自己。

他还以为他比大猩猩帅。

他还以为他可以给李彩云许诺。

他还以为他和李彩云玩暧昧已玩出了感情。

他没想到，李彩云凭什么不跟老大去跟老二？

他没想到，李彩云凭什么不将计就计，为自己立个功？平时张红她们还和她争得厉害哪。

所以，黄峰、李彩云下了反间计，那晚想制造"强奸未遂"的局，捏住你爸的把柄。

司机陆虎就是他们设下的证人。

但那天晚上，被你我提前这一冲击，搅了他们的局。

我们不仅搅了这"强奸未遂"的局，还彻底改了李彩云和你爸在露台上鬼混的性质，那是乱来，不是"强奸未遂"。

板寸头看着我，目瞪口呆，她说，我发现你特适合搞情报，我发现你特可怕，你才这么大就懂这些……

板寸头说，我爸得感谢我救了他。

他虽然恨我把这事搞到网上去了，但从另一个角度讲，是我救了他。

他名声虽给咱败了，但他至少没被人搞进去。

所以，我们虽然蛮横了点，没搞清楚真相就制造了"艳照门"，但我们和他是扯平的。

我发现好些路人在看着我。

妈呀，我忘了我还穿着裙子。

我一把拉下裙子，后面有拉链，挺费劲，在大街上，真的狗血。

板寸头可不管别人笑不笑我，她还在嘲笑她老爸活该。

她说，色字头上一把刀，瞧见了吧。

她说，韩喜秋啊韩喜秋，名声臭了，官没得当了，那些狐狸精也就不会睬你了，我家就太平啦。

贝贝嘲笑完她爸，不知怎么转念一想，又不服气李彩云那个妖怪居然在玩她老爸。

她对我说：

你说得也不一定对，那个李彩云，我跟踪她有一阵了。

她未必不想黏我爸，她未必不想脚踩两条船，左右都傍，而我爸也未必真的被她骗了，他也未必那么笨驴。

我跟踪他们，他们这阵还真的挺黏糊，她是他直接分管的下手。

我爸如果不搞定她，就可能被搞定。

所以必须搞定她。

搞定了她，她才真正是他的下手。

搞定了她，才有安全感信任感。

你觉得恶心吧？

韩喜秋就是这么恶心。我也要吐了。

韩喜秋李彩云这两个大傻瓜。

现在事儿一出，李彩云就装纯了。


轮到我目瞪口呆，听到云雾里去了。

我心想这板寸头妹妹比我想得有智商呀。

我说，妈妈呀，无论西风压倒东风还是东风压倒西风，还都被逼的哪。

我说，太可怕了，你才多大啊，连这都懂，这不就是传说的潜规则吗？

她把那顶花边圆帽扣到我头上。

她对我吐了一下舌头，说，韩喜秋他别以为我不懂！


我们相视而笑，感觉像两个大人一样谈事儿。

我们这么说着的时候，突然下起了雷雨。

我们飞奔进前面的少年宫，外面大雨倾盆。

我抹着脸上的水。她说，你长大了可别当官。

# 放假后

## 十、网络

贝贝说，网管大叔问她照片是谁拍的，她可没说我的名字。

冲着她仗义的脸，我说，你也算个爷们。

设计局"艳照门"传遍全城，甚至传到全国去了。

老韩李彩云名声大噪。

好多人跑到设计局的大门口来认人啦。

他们站在门口，指指点点：是他吗？是她吗？到底是哪个啊？

大楼里，不少办公室的门都掩着。

我知道好多人躲在里面。

因为我听见了他们压着嗓子的笑声。

"咯咕咯咕"，他们在网上乐呢。

他们从门里出来时，像偷窥了什么，蔫坏地笑着哪。

我看不得他们这鸟样。

我还看见大猩猩夹个包，去外面开会，他哼着歌：

"我送你离开，千里之外。"

我靠，他居然会唱周杰伦。

他们的鸟样让我觉得自己很傻，仿佛被别人当了枪使。

我和板寸头虽出了李彩云韩喜秋的洋相，但妈的，被别人当了
枪使。

这让我郁闷。我想，老子不能这么就走，以后想着都会郁闷，

老子还得在这儿干下去，看你的戏。

我发现我的情绪莫名地被圈入了情境。

过道上的窗玻璃映着我倔强的、莫名其妙的脸。

老韩被上级部门找去谈话。

他拖着张驴脸回来，继续做他的副局长。

有一天，我在厕所听见两个男的在蹲间里聊天。一个说，老韩这点事，搁现在算啥，偷鸡摸狗的事现在哪管得过来，要不是这次搞到网上了让省委书记觉得低俗了，连谈话都不会有。

我竖起耳朵。

我听见另一个说，对啊对啊，这年头男女可以乱搞，但不可以被人恶搞，一旦被恶搞了，这人看着就逗了，就再也装不了了，就边缘化的命了。

他说得像绕口令，还在里面放了个屁。

他们说，厉害厉害，老韩女儿厉害，上访不如上网，上网不如恶搞，厉害，新生代厉害，手法完全不一样啦，防着点哦，现在的小孩谁知道他们在想什么招啊。

不知哪个又放了一个屁。我捏鼻跳开。我想，小孩就在门外。

我飞奔出去。

他们这样"夸"我们，我心情略好。

说真的，我可没想过我和板寸头是恶搞。我一直以为我们正经八百、威风凛凛呢。

板寸头贝贝也被人找去谈话。因为低俗。

找她的，是网络监管部门的人。

贝贝瞅着他们，说，我还以为你们是妇女儿童权益保护部门呢。

网管大叔就知道这不是好缠的小孩。

贝贝说，我还以为你们和我是一伙的呢。

我还以为我在维护社会正气呢。

我怎么就低俗了？

怎么就比我爸还低俗了？

她还当场抽了一根烟，让网管大叔差点结巴让网管大姐差点泪崩，于是让她赶紧回家了。

"抗击二奶网"迅速被屏蔽。

贝贝说，网管大叔问她照片是谁拍的，她可没说我的名字。

冲着她仗义的脸，我说，你也算个爷们。

李彩云嚷了几天"强奸未遂"，也没见有人宣布她到底是咋回事。

她就变成了一祥林嫂。

好多人都在笑她。

我看见她从大猩猩的房间里出来又进去，进去又出来，眼睛红红的，像个桃子。

我看见大猩猩这些天总是哼着这歌在走廊上走过：

"我送你离开，千里之外。"

我靠。晕死周杰伦。

板寸头贝贝是多么失望啊，因为她爸老韩虽被靠了边，但没被撤官。

她说，难道就这么没人才了吗？！

我看出来了，这妞确实情绪化，还是个急性子。她爸又没被定性，干吗被撤？

但这妞居然说，定个罪还不容易，只要想定，想定就定。

听她说的，还想唱就唱呢。

她说，关键是，撤了他的权，莺莺燕燕就没人搭理他了，花花肠子才会像条狗无奈地回家了。

她是多么痛恨没出现这一幕啊。

她是多么希望她爸像条丧家狗被她重新收留。

女的毕竟是女的，我想，就喜欢感情戏。


女的毕竟是女的。

李彩云坐在资料室里发呆。

她从总务处被突然调到了这儿。

我在资料室擦书架。

她像个影子一样，在书架间走动，叹气。

她长一声短一声，搞得我想撒腿就跑。

她不知道是我拍的照吧？

我擦完书架，顺便擦了一下她的桌子。

她感动了似的一把夺过我的抹布，说，哦，我来我来。

她盯着桌子，像对我说也像对空气说：

我是被流放到这儿了，你懂吗？

我是被人搞进来的，你懂吗？

你别听那些人说的那些鬼话。

那些男的，没一个好东西。

如果两个头儿，都要对你好，你又能怎么样？

你能做的只能是两边不得罪，但还是得罪了，我得罪谁了？

说我低俗，他们就高雅了？

屁！

　　她换岗到这儿，正寂寞，只要逮着个人，我估计她都会说这个。

　　我看着她像黑影子。她唉声叹气，像个窦娥。她说，爷们都去哪了，这年头是不是没爷们了？女的总成为他妈的牺牲品。

　　我飞快地跑出来，心里怪怪的。

　　我想，我不该拍她的照片吗？

　　我心里怪怪的，我在可怜她了？

　　我想着大猩猩的装B样，觉得她至少不装。

　　我承认我心里有点怪怪的，妈的，这是些什么怪人啊。

　　我想，我得撤了。


　　傍晚，板寸头贝贝来工人新村找我。

　　她还带过来一个小男孩。

　　那个小孩站在一对轮滑上，像个哪吒。

　　贝贝告诉我这是小豆，"我粉丝，自己找上门来认我姐的"。

　　她说，我们得帮小豆把他爹搞回家！

# 放假后

## 十一、深夜辩论赛

我说，十几年前这世界交给你们掌控的时候，人还好好的，但你们管了十几年后，我们的爸都变这样了，你们是怎么管的？

所以，你千万别以为你家的小孩啥都不懂。你别以为他不懂你们他妈的都在装。当然，也可能你们知道，但来不及顾了。那好吧，就让我们像一股潜流，跟在你们的背后吧。

把他爹搞回家？

小男孩小豆，大头，瘦小，看着我，一声不吭。

我问板寸头贝贝，哪来的这么个粉丝。

她笑道，姐这两天家门口可热闹了！都来看悲情女了，同情的、声援的、出谋划策的、送礼的，有个老太太还烙了个饼过来，让我一定要扛住。

我一听就来劲了，我说，真的假的？

她"咯咯"直乐，她说，哥，我红了，最火爆的是，还来了不少求助的，大人小孩都有。

他们要我和他们一起抗击"二奶"、"二爷"。

他们要我提供经验。

他们要我出手，帮他们把爸把妈找回来。

他们看到我就像看到了同志。

还来了一家什么公司，要我当形象代言人。

劝了我整整一天，说这不仅是市场的需要，更是和谐社会的需要。

我说，妈妈呀，怎么就扯上和谐社会了呢？

他们说，家庭是社会的细胞啊，家庭和谐是社会的基础啊。

你的呐喊是狠狠地给社会德性敲的一记警钟啊。

我说，哥们，可惜网已被屏蔽了。

咱为了找妈找爸，怎么就被屏蔽了？

……

这妹挥着手势，气盖山河。

我拍了拍男孩小豆的肩，问贝贝：那么，这也是求助者喽？

小孩突然开腔：不，是一起抗击。

贝贝说，别人的事，我不想管，但这小孩，我帮了！

我问小豆，你几岁啦？

他说二年级。

他说，哥，你也帮我去捉我爸吗？

OMG。

他说，我爸是忘恩负义的家伙，他有小秘，他道德败坏自甘堕落吃苦不记苦我们受的罪都是他一手造成的……他小脸涨得通红，他在我们面前滑了一圈，像根小豆芽。

我说，谁教你的？是你妈吧。

他没答我的话。他给我们看他小胳膊上的乌青。他说，我每天在学校就害怕回家我总想他们是不是又打架了我怎么去救妈妈他昨天还打了我他为了那个女人想我们死……

他在我们面前飞快地滑动，像一个哪吒。

我们怎么帮他？

我说，他爸这德性，估计脸皮超厚，捉了也白捉，恶搞也白搞。

板寸头贝贝说，那我们找他领导去！

我说，这也太土了吧。

小豆说，找领导我爸也不怕。

贝贝说，你爸连领导都不怕？那他怕啥？

小豆说他妈早找过他爸的领导啦。但领导说这是他家的事，他们没法管的。

我说，也可能，领导自己家的事还管不过来呢。

贝贝说，屁，领导怎么可以不管？

贝贝比我倔，她说，那也得管！找领导，把这事搞大！

她坚持要去小豆他爸的领导家。

我们就去了。

我们找了半天，找到了，可领导家里没人。

我们就坐在楼下的花坛边等。

等着等着，我感觉自己像在做梦，小豆靠在我的身上不断地打呵欠。我想我们是不是在做全世界最荒唐的事。

晚上十点多的时候，那个领导回来了，眼镜男，除了有酒气，看着不太讨厌。

我们拥上去对他说话。

开始时他笑着，后来他有点搞明白了是怎么回事，就瞅着我们说，慢慢说，小朋友。

他说，这是家事啊，孩子他妈也来说过了，我们可以做小蔡的工作，但，领导对这种事不可能介入太深。

否则不就回到以前计划经济去了？

人的观念变啦，工作之外，人是社会的人，单位不可能再深入灵魂深处一闪念了。

我这么说，你们懂吗？否则，人的自由空间没了。

你们还小，以后会懂。

我说，那也不能看着丑恶现象不管呀。

他说，这谈不上什么丑恶现象，这是个人生活的事，很复杂。

你们小朋友不懂，不要管大人的事了，快回家吧。

单位的概念变了，包办包管的时代过去了。

否则，也是倒退。


我们被他打发回来。

虽然我原本就觉得找领导很土，虽然我原本就没指望他妈的什么领导，但这"眼镜男"文质彬彬、啥事都是他有理的样子，让我不忿。

我气了一整夜。因为没说赢他。

当一个人说不过另一个人的时候，总是心里很憋屈。

我决定第二天继续找他论理。

这事没完，辩个没完。


第二天晚上十一点，我们又去了。我们敲他家的门。

他在里面问，谁啊？

我们说，小豆的爸爸现在还没回家，你是他的领导，我们只有向你来要人了。

他把门拉开一条缝，向外笑道，怎么又向我要人了？我昨天不是说清楚了，这是家事啊，现在这社会，以组织的名义去教训手下的私生活是一个笑话了，也没人这么做了。

我说，得得得，我知道你认为这是进步，但我们的爸都变花了，也是进步吗？

他看着我摇头说，小朋友，根子是在社会啊，有些事不是一个单位的事，不是孤立的事，有些事现在这么看那么看都有它的原因，只是你们不懂，现在的价值观不是那么绝对了，只是你们还小，现在和你们说不清，你们就看主流吧。

我说，反正你们全是理由，全是正确答案，但凭什么要我们小孩来买单？

他看着我说，怎么要你买单了？

我把小豆推到他面前说，他不就在买单了？！

他嘟哝，这和我有什么关系，小蔡又不是毛毛头了，要我盯着看看。他说，唉，怎么和你们这些小孩说呢，你们应该快快乐乐的，大人的事不是你们管的。

怎么不要我们管？不是还怪"90后"啥都不管吗？我们不是共产主义接班人吗？

他说，你怎么有点胡搅蛮缠，你得看主流，快回家吧，家长会急的。

贝贝被搁在一边好久了，估计被他侃晕了，现在她终于开说，居然十分文艺：家？家一片破碎了，回去干吗？

"眼镜男"叹了一口气，把门合上。他在里面说，这是个别现象，你们怎么能不看主流哪？你们小小年纪，需要调整价值观。


我们看着合拢的门，又被他打发回来。

郁闷。这"眼镜男"满嘴"价值观"，绕得晕翻天。

得搬个救兵来。


第二天一早，我去了政治老师高老头家。

高老头正在家写东西，桌上摊了一堆原著。

他以为我来看他，很高兴，因为平时同学都嫌他古板，和他走近的不多。

高老头听了我说的事，比我还生气。

他说，这领导怎么这样说话。犬儒主义、道德虚无论、不作为论、荣辱观……

他说呀说呀，说得我决定今夜用核心价值观去叫门。

我们这次是深夜1点去的。

"眼镜男"穿着睡衣，没戴眼镜，拉开了一道门缝。他说，怎么，小朋友你们又来向我讨爹了？

我说，我们不要爹了，但我们想了解一下你们企业是怎么进行核心价值观教育的？

你们还搞不搞这样的教育？

你背得出"八荣八耻"吗？

第八荣第八耻是什么？

我们中小学生都是要考的。

你们别不是只要求我们学，而你们装装就行！

……

他揉着眼睛，打了个哈欠，说，小朋友，我给你们一个忠告，这些都是大人的事，你们不要管这些闲事了，这些和你们没关系。

板寸头问他，怎么没关系？！关系到小豆爸，关系到我们家长，甚至关系到和谐社会，因为家庭是社会的细胞！

而这疲惫的叔叔，有点乱了，他说，但这和我有什么关系呢？小豆他爸又不是小孩子，我哪盯得住，即使是我儿子，我也盯不住哪。

他没听我们给他的回答，就很生气地把门给关上了。

找领导一定是会上瘾的。

会让人变得不依不饶。

这估计接近上访。

接下来，连着三天深夜1点，我和贝贝都去"眼镜男"家上访。

思想工作轮番大战。

我想，我是不是疯了，这样发展下去，到上大学的时候，我一定能参加大学生辩论赛了。

那悲惨的叔叔在门里说，和我有什么关系，和我有什么关系？

我说，告诉你吧，你是他的领导呀，而我们是小孩，小孩找大人保护妇女儿童权益，当然和你有关系。

他在门里说他手下几千号人，难道他们在外面胡来都得找他？

我们蛮横地说，完全正确，因为你们没管好呀。

他说，我们怎么没管好了？你们两个屁孩倒是说说。

我说，十几年前这世界交给你们掌控的时候，人还好好的，但你们管了十几年后，我们的爸都变这样了，你们是怎么管的？

你们是怎么管的？

你们没管好，你们就没想过最后要我们来买单吗？

不，你们得买单！


他在里面一声不响。我想他会不会睡过去了。

结果，我听到他老婆在修理他：你再不处理、再不做那个小蔡的思想工作，老娘都看不下去了！

"眼镜男"在里面说，好啦，好啦，好啦，小朋友，明天叔叔去做思想教育工作，以组织的名义，再不行，就警告他降薪，永没提拔机会。

贝贝说，那好，咱谢啦。


小豆的爸爸小蔡回家了。他说对不起小豆和这个家。

对此结果，政治高老头闻讯附掌而笑。

他说，看见了吧，看见了吧，不是做思想工作没用，而是一任任头儿都不在做，在混。

他给了我肩膀一拳，夸我学以致用没学会混。

我虽然也得意，但觉得他样子太迂。

没想到，他却挺神秘地告诉我，他在电台开节目了，电台来请的，道德夜话，专门在深夜骂人，或与听众对骂。

他已经骂了一个星期了，他发现好多人都希望被骂。

他说，他骂得很爽，而他们需要被骂。

晚上，我听了一下电台，半夜12点，高老头登场，接热线，开骂。

他像一个唐僧，空降而来。打电话的都叫他"电波怒汉"。

小豆滑着轮滑来看我，他说，哥，我爸回来了。

我逗他：那么说，咱胜利了。

他说，但我得看着他……

他绕着我滑了一圈又一圈。他高兴着哪。

我看着这小豆芽，心里突然有点怪怪的难过。

我17岁了，我知道我最近常常昂扬又常常不爽，像个疯子。

小豆从我身边滑过去了，回头向我招手，像个哪吒。

我冲他喊，这事被我们办成了，说明少年必胜。

少年必胜。

我们站在街边、小巷口、餐厅娱乐场门外和城市许多个角落里，对自己说，必胜。

我说的"我们"，指的是我和板寸头贝贝，以及她那些不知从哪来的粉丝们。

那些粉丝，其实大多是和我们一样的小孩。

小孩有小孩的结识方式和信息通道。我也不知是怎么回事，反正好多小孩闻讯而来。我们像雪球一样悄悄聚集。想想真他妈的疯狂，这年头，许多人的家是不是都快成碎片了？

要不哪来这么多憋闷的小孩？

所以，你千万别以为你家的小孩啥都不懂。你别以为他不懂你们他妈的都在装。当然，也可能你们知道，但来不及顾了。那好吧，就让我们像一股潜流，跟在你们的背后吧。

我们相互报信，跟踪那些爸妈和他们的谎言，以及他妈的那些家的脆弱走向。


我跟着他们跑来跑去，无法遏制。

我想，我们是不是在做全世界最疯狂的事？

我想，是不是因为我在心里恨我那个爸？

有时我们搅局一场，有时我们空忙一把。有时他们发现我们跟在他们后面差点崩溃了。而有时，我们把自己吓了一跳——因为，"捉奸"这真是扇奇怪的窗。我们撩起窗帘的一角，原本只想看着点他们，但没想到，看出去，还真吓了一跳，因为不光看到了他们在"儿童不宜"，还看到了他们啥都在交换哪。

有一天我们看见一个胖家伙在歌厅把俩小姐往李毛毛他爸怀里推，还塞给他爸一个黑包，那丢人现眼东倒西歪的爸后来从黑包里掏出一叠钱（原来是一大包钱哪），像个玩疯了的小孩敲着小姐的脸，说"砸死你，砸死你，你是我的了"，而那胖家伙则撒娇似的搂着李毛毛他爸的腰说，"那块地是我的了"。

李毛毛和我把眼睛贴在包厢的门缝上。

李毛毛推门冲了进去，他说，屁，是我的。

他扑过去，一把从他爸手里攘过那刀钱。他爸都傻眼了。

那喝多了的胖子叫，抢钱啦，抢钱啦。扑过来，没想到被麦线绊了一下，摔在地上。

李毛毛把钱往天上一丢，人民币像下雪一样飘起来。他爸就站起来想抓住他。他们就在人民币里窜来窜去。

服务生进来冲着我们喊："怎么这里混进了小鬼？"

他们把我和李毛毛拎起来，往门外推。

李毛毛一路蹬脚，说，我爸是李锋，李锋是我爸。

我听到了走廊里有人在笑，"可你爸不是李刚"。

我们被推到了娱乐城的大门外。那个服务生拍着我的肩说，去别的地方玩吧，这里不给看的。

他冲我们笑。他说，你们过几年再来玩吧。

我拍了拍衣服上擦了的墙壁粉，劝李毛毛回家。

我说，这服务生说的没错。这里的事还真不给看。

因为连我都看懂了，他们在换哪，金钱权力资源什么的。他们一边换一边乐着哪，比我们还像小孩。所以我说，真他妈的疯颠。

我们在行动。

当然，并不是所有的小孩都像我们一样疯狂。

贝贝"粉丝"之一、女孩朱南菊她妈的相好——市委秘书长李成功的女儿（这说起来有点绕，不是吗），就相当不一样。

原本我们想发展她，让她成为朱南菊的同盟军。

我们打听到这女孩是商大的学生。

我们去了商大。

我们找到那个女孩时，已经晚上九点。

那女孩站在宿舍楼下，吃惊地看着我们。我们说，姐姐，谈谈好吗？

她说，你们是谁啊？

我指着南菊说，我们是她的朋友，而她家人是你家人的朋友。

她笑了，说，这么神秘呀，什么事？

板寸头贝贝把她拉到宿舍前的排球场上，晚上的排球场上空空荡荡。一个大月亮升在空中。

我们让南菊说。

南菊说，你爸有外遇了，外遇是我妈。

那女孩盯着南菊，仰脸对着那个月亮，轻轻地说，哦。

她环视我们，说，你们找我就为这事啊？其实这事我早知道了。

她说，我不知道你妈是谁，但我爸有"小三"这我早知道了，听说他有好几个呢，我不知道哪个是你妈。

她轻描淡写的样子，让我们吃惊得说不出话来。也可能人到大学生了，就这样了。

她说，我从来不管我爸的事，再说我爸的事也与我无关呀。她转身就想走。

南菊气愤哪，她拉住那女孩，说，你怎么可以不管？你怎么可以不告诉你妈？你们是受害者哪。

那女孩眼里全是讥笑。她说，我怎么知道我妈不知道呢？如果她不想让人知道她知道，我为什么要告诉她呢？

她说，你们这些小同学，别管大人的事了。我就从来不管他们的事，因为管不了。管不了只会让自己心烦，只会更糟。

我不管我爸的事，还因为我爱我爸爸。为什么？因为他宠我呀，他最宠我，他对我好，这就够了，还想怎么样？

对，他哪怕有再多的情人，老婆也只有我妈一个，情人两三年说不要就不要了，但老婆他放不了手。所以说，他对我妈也是好的。他不会让她吃亏的。除此之外，他在外面怎么样，那是他的需要。你掺和进去只会让自己心情更糟。

得功利点，小同学，一件事你如果管不了，那么最好就是装不知道。世上有这么多事，你哪管得了，先疼自己吧。

先疼自己吧，人不能要得太多，否则一辈子不开心。


她笑着，转身往宿舍方向走，把我们晾在后面，傻半天。

这么个大月亮下面，球场上空空荡荡。她特自私，但好像也没错。因为你毕竟是个孩子，还能怎么样呢？

没想到她走了几步又走回来，她搭着南菊的肩膀说，别以为你妈不知道你在想啥，别以为你爸不知道你妈在干啥，和我爸好的人都是想往上走的，我想起来你妈是谁了，不是说你爸最近提成厅级了是你妈的功劳吗？他们想做什么，他们到底在干什么，只有他们知道，他们是成年人了，你拦也拦不了，这就是生存，生存可能真的恶劣，别管他们的事。

她对着我们笑着。月光下，她像冷静的天使，她说，别管他们的事，就管花他们的钱！

她说，狠狠地花他们的钱吧，如果你不花，那些钱就会被他的小秘、相好花去了。

她把手指压在嘴唇上说，嘘，这是我的心得。


那天晚上，迎着月亮，我从商大回来的路上，对她又鄙视又服帖。

我被她的左勾拳右勾拳打得脑子里"嗡嗡"作响。

奶奶的，等我们也像她一样酷的时候，可能就说明我们也长大了，独立了，够狠了。

# 放假后

## 十二、漂亮姐

我和朵朵把老先生安顿好，准备走的时候，他对朵朵说，姑娘，等一下，我们聊一下明天的行程。

我在单位的过道里擦楼梯扶手。许多人在我身后走来走去。

彭姨给我打来电话，问我，怎么样了，还好吗？

我心想，这些天我和那些小孩在忙乎，把她的事给忘了。

我说，没有异象，情况正常。

彭姨说，很好，"艳照门"对老黄他们单位是一个警示，这事虽然有争议，但有威慑力，干得漂亮。

手机差点从我手里掉到地上，我心想，难道她知道是我们干的？

她说，网络在起纪委的作用了！这是新形势下的新课题，值得我们妇联工作好好学习。

我支吾表示，我也要研究网络。

她说，好啊好啊，姨建议你以后学计算机。


她温和的语气，让我觉得对不起她的托付。

于是，一个上午我都绕着大猩猩黄峰的办公室在干活。

我擦他办公室旁边过道的栏杆。

我擦完栏杆，擦他门前的地板。

擦完地板，擦他的门板。

当我"哼吱哼吱"擦门板的时候，他突然开门出来，说，你在干啥？

我说，擦门板。

他说，这孩子，我已经注意你几天了。

我愣了。

他冲我笑，说，这么勤快的小伙，别说是临时工，就是这局里的好些正式员工也比不上你的工作态度。

他站在走廊上，大声地夸我。

他对旁边几个办公室探出头来看的人说，下午局工作会议，让这小孩参加，我要让大家学习他！

我下午参加了他们的会议。

会上讲的东西我不懂。我只懂表扬我的那部分。

黄峰让我站起来，走到讲台前。他指着我，说，这么个小孩，他是给我们上了一课，敬业的课，职业精神的课……

我面红耳赤，因为我成了他们的榜样。

有表扬自然就有批评。这我懂。

接下来，黄峰开始不点名批评几位员工。他说，有同志，高学历，清高，但这儿不是学校了，你自命清高难道别人就天生低俗的命？工作没有高低之分。职业精神，每个人都得有职业精神，这是职场的规则，你小姐脾气，但世界并不由你的性子决定，我想问你，你工作有没有进展……

大猩猩的口才很好，他说得满脸汗水闪光。

我看见漂亮姐研究生陈朵朵合上笔记本，起身，飘了出去。

她身材高挑，长发，走路有点扭，好些人扭头在看她。

这个会议还重新调整了一下工作岗位。

我听不太懂那些岗位是干吗的。

我只听到漂亮姐姐陈朵朵被派到了新成立的公关部。

我还听到公关部将配合业务部门运作一个项目，好像是参加一个竞标。黄峰说，一定要拿下来。

他说，搞一个研讨会，把专家约过来，招待好，玩好，喝好，多听取意见，一定要搞定。

他说，接待工作人手不够的话，喏，这个临时工小伙也去帮忙。

他指着我。


于是我去了公关部帮忙。

研讨会下周就开，专家7位。但主要的好像只有一位，接待工作主要围绕他的要求。

我帮他们发邮件，打电话，寄邀请信，联系酒店，跑腿。

对这些事，我感到很新鲜。

我在忙着这些的时候，漂亮姐陈朵朵走过来，把一张纸条放在我的桌上。

她说，这几个度假村，帮姐联系一下，李专家喜好钓鱼。

她拍了拍我的脑袋，说，你不是思想好嘛，那就多做点吧。

我脸红了。她见我难堪的样子，就抿嘴而笑：小男孩，这么老实啊，姐是逗你呢。


我转了两趟车去郊外，帮陈朵朵去看了凯歌农家乐。

我满头大汗地回来，看见她捧着本书在看。

她从桌上递给我一张纸巾，说，辛苦了，小男孩，歇会吧。

我说，你在学啥？

她说，《杜拉拉升职记》。

我想逗逗她开心，说，你想升职啦？翠萍姨他们都说你有戏。

去。她笑，好坏的小孩。

她把书丢在了一边，嘟哝，要升职干吗，混着呗。

我说，那你还看这书？

她说，没事随便翻呗，很傻丫的书。

她扔了一颗话梅给我，说，如果这杜拉拉也叫励志，那咱每天可以算是战斗。

她电话铃响了。是大猩猩黄峰叫她过去一趟。


中午在食堂，我吃馒头，打了一个免费的汤。

朵朵端着饭菜走过来，坐在我的边上，她说，你就吃这点？

我心想，我在这儿打工，挣这点钱，当然不能吃掉，设计局食堂饭菜不便宜，正式员工每餐是有补贴的，我没有。

我说，我爱吃馒头。

她说，今天有红烧肉，姐去给你买。

她就去买了一份。她看着我吃。

她安慰我，说我现在是最没钱的阶段，以后会有钱的。

她说，姐读书的时候，也没钱，吃饭的时候，就对同学说我减肥。

她冲着我笑，像个大美妞。我知道她好心。我发觉，她看着小资，其实挺直，像我们工人新村的女孩，工人的女儿。

她说，没错，我是化工厂的子弟，你怎么就看出来我是厂区的？

我说不了。

她笑道，工人家的小孩，一眼就能瞅得出来，好，吃吧，吃吧，咱有阶级感情。

我成了陈朵朵的跑腿和跟班。

她其实很好心，虽然有点怪。

她书读得多，说话有时带着奇怪的调调。

但，我喜欢她的调调。

我还喜欢她坐着那儿出神的样子。

她在想什么呢？

她牵着一缕头发，盯着电脑，从侧面看过去，有点忧愁。

我知道她不开心。

而当她发现我在注意她时，就对我做一个开枪的动作，好像大大咧咧，看透了你的样子。


转眼，研讨会就要开了，她和司机去机场接客人。

她把那些专家一个个陪进金豪大酒店。

我在酒店大堂，接他们的行李。

主嘉宾李专家的航班延误了。我在大堂等到傍晚，才看见朵朵和一个六十来岁的老先生一起进来了。

那个著名专家，对投标项目有决定性评审权的著名专家，高鼻子，头发一丝不苟。

我看着他们进来，但我发现他们看上去好像哪里有点怪。

我奔过去，我才恍悟过来：

按理是朵朵搀引着专家，但现在的情形是专家扶着朵朵的腰。

她像个客人，而他像个接待。

她走路有点扭，所以他们逶迤而来。


我连忙从司机那里接过专家的行李，带他们去18楼。

我和朵朵把老先生安顿好，准备走的时候，他对朵朵说，姑娘，等一下，我们聊一下明天的行程。

他对我说，小朋友，要不你先走？

我就先出来了。我在门外等朵朵。

我才等了一小会，就看见朵朵突然开门出来，冲着走廊喊，服务员，服务员。

她看见我还在门外，大声说，小弟，李老师要一杯热龙井茶。

她向我挤眼睛。我不太明白。

我说，房间里有电热壶，可以自己烧的。

她大声说，小弟，你去要一下，马上过来。

我赶紧去楼层服务间要水。她虚掩上门。

我回来的时候，推开门，看见那专家正在夸朵朵的裙子漂亮呢。

他拎着她的裙角，说，好漂亮好漂亮，就提上来。

朵朵用手去护裙，一边站起来，一边别扭地笑着，说，李老师，我得走了，李老师，明天我给你老婆去买一条。

李专家有点不依不饶。

事实上从大堂一路上来的时候，我就看出来了，他挽着朵朵腰的手像极了大猩猩伸进吴丽娜衣服里的猥琐爪子。

事实上，他拉着朵朵不让走，要谈事儿的鸟样，我就看出来了，他是个花老头。

我急中生智，拿着杯子迎过去。

故意碰到了他的肩。

杯子的水洒了出来，他"哟"地叫起来。

滚水哪。

正烫到他的裤子上。

他捂着裆部跳起来。

我们说，换一条换一条。

朵朵手忙脚乱地从衣柜里拿出一条浴袍，丢给他。

我拉起朵朵就跑。

# 放假后

十三、公关和小姐

我说，你干吗不找个男朋友？

她抬头冲我笑。她逗我，呵，小男孩，你不就是我的

男朋友吗？

我和朵朵跑到街上。周末大街上人来人往。

我一路笑，而朵朵一路痛骂老流氓。

但我没想到，她说她骂的不是李专家。

而是更流氓的家伙。


她说，"这老不正经的还以为姐是干这个的"。

原来如此啊。

街边霓虹灯闪耀。她拍了一下我的头，她说，但姐不是那道菜！

她说，想让姐做那道菜，没门！

她说，顺者昌逆者亡，你以为你是谁，不就是混口饭吃吃吗?

我说，你是说黄峰局长吗?

她说，一个个正人君子的模样，心里比谁都阴暗！

她说，他还以为单位的钱就是他的钱，单位的女人就是他的女人，狗屁。

风吹起朵朵的头发，街头的霓虹灯下，她像一个愤怒的天使。这样状态的女孩回家显然需要人陪。我懂。我骑车带她回她的宿舍。她坐在后座，我不知她在想啥。

我一路蹬车，掠过嘈杂的街边，我飞快地骑，谁会知道我们的怒火和迷茫。


第二天研讨会，李专家没出席，他躺在床上，说腿被烫了。

大猩猩的脸黑啊，比旧社会还黑。

上午的研讨一结束，他就把朵朵和我，以及公关部的其他人叫去训了一场。

他说，这事，是怎么回事？

这样的情况，甚至不如不请他来。

甚至比不请还糟。

有的员工，又娇滴滴了，你有什么好娇的？

你不愿干，愿干的多得是。

门外等着进来的，多得去了，每天我回绝掉多少人。

你纯啊，要纯的就别上班了。

告诉你，这社会就这样，搞点项目养活你们不容易。

搞不下来，扣钱扣奖金。

不是没给你机会，而是机会来了，你没有干劲，搞不定。

你搞不定，等待立功的人多得去了。

……

谁都知道大猩猩在说谁。


中午休息的时候，我在金豪大酒店没找到朵朵。

她去哪儿了呢？

我一个人回设计局，取下午会议要分发的材料。

单位离酒店很近。我拿了材料，往楼下走的时候，突然想起，她会不会在露台上。最近这阵子中午的时候她常在那儿看书。

我拎着材料，上去了。

果然，她坐在那头的栏杆边。

我叫了她一声。

她回过头对我笑。她说，你也回来了？

阳光下，她眼睛眯着，还向我抛了个媚眼。但我看得出她刚刚哭过。

我说，李专家没事了，我刚去给他送茶，已经道歉了，他说我是小孩，算啦。

她眯眼对我笑，她知道我在安慰她，她说，随他去，那个老不死，下午的会，我不想去了。

她若无其事地看着对面的楼，我看见一股倔气从她的头发里升起来。她像我们工人新村的女孩一样倔。

我说，你不去可能不行吧。

她说，这活姐不想干了。

她眼圈突然红了，她说，这活是有人要我好看才让我干的，那鸟人是想给我点小鞋穿穿，才让我去做公关，这不是派活，是使坏，所以我没法干了。

她说，那下流胚，平时动手动脚，我已经够忍了，那下流胚还以为单位的女人都是他的女人，狗屁，我不让他得逞，他就这么使坏，流氓！

我懂她在说啥。她眼圈红着的样子，让我难受。我不知怎么做思想工作。高老头教我的那一套对女孩肯定不行。

我突然说，那么你找个男朋友，暴揍他们一顿！

她瞅着手里的书，可能没听见我在说啥。

我说，你干吗不找个男朋友？

她抬头冲我笑。她逗我，呵，小男孩，你不就是我的男朋友吗？

下午在会场，我还是看到了朵朵。

翠萍、朵朵，一边一个，扶着那个敞腿走路的李专家出现在会场上。

设计局的员工和各界来宾，集体鼓掌。

我注意到朵朵脸色灰白，与翠萍笑容可掬的样子比，像南极和北极。

黄峰局长说，著名的李专家受伤了，但他带病参加会议，这是对我局的鼓舞。

全场掌声雷动。


研讨会开到一半，人事处的老黑让我去招呼朵朵过来一下。

我把坐在角落里的朵朵叫过来。

老黑对朵朵说，黄局长交待了，等中场休息时，你先陪李专家回房间休息，他受伤了嘛。

他对朵朵说，李专家喜欢文学，咱这单位也就你学文学了，你陪老先生聊聊天，总不能让他一个人待在房里。

他压低嗓门说，黄局长批评是重了一点，但其实他是看好你的，你这次不能毛手毛脚了。

他说，咱这单位，年轻一点的、样子登样的女孩，也就你了，接待工作嘛，总不能让我这老头去陪。

朵朵瞅了一眼站在一边的我，问老黑，我带上这小孩行不行？

老黑点头。


我和朵朵等在会议间的门外，中场休息时间快到了。

我问朵朵，你说下午不来，怎么又来了？

她看着窗外说，翠萍把我架来的。

她说，翠萍是来立功的。

中场休息，我和朵朵把李专家送进了房间。

朵朵拿着翠萍她们早准备好的《文化苦旅》等一堆书，开聊。

李专家看着这么个大美妞，笑得眼睛都眯了。他说话倒是挺逗，不恶心的时候，还有点可爱。他说他的故事，他的初恋，他的路。

但他不恶心的时间可不多，他轻抚着朵朵的手，说要听朵朵谈谈人生。

他们谈人生的时候，翠萍突然出现在门口，叫我跑个腿，去药房为李专家买点烫伤药膏。

我去了。药店其实就在酒店楼下。

我拿着药上来的时候，发现朵朵已经坐在酒店大堂里了。

我说，你们不聊了？

她瞟了我一眼，说，他没打算聊天。

她讥讽地笑着。

我知道她说的是啥。

我逗她：那你又摔袖而去了？

她居然"咯咯咯"大笑，她说，没事，翠萍进去了。


我赶紧拿着药膏上楼。翠萍果然在李专家的房间里，在给他按摩哪。

我从没听说她还会按摩。

李专家趴在桌上，被按得扭来扭去，"咯咯"直乐。

翠萍谦虚说自己老了，手劲差点了。李专家就说对对对，得给他派个女孩来，谈谈天谈谈人生。

他仰起脖子，说他喜欢和女孩子聊聊，谈谈，坐坐。

# 放假后

十四、少年，驾到

门终于开了，一帮人冲进去了。贝贝说，老实交待，刚才是不是做了坏事？

在走廊的那一头，翠萍当场被黄峰、老黑任命为"公关部执行总监"。

在走廊的这一头，翠萍当场给我、朵朵等公关部的几位开会。

她让我们站在她的周围。她说，今天晚上、明天、后天，接待任务更艰巨，我们一定要搞定！

翠萍正给我们开着会，突然就见那个"粉裙女孩"从李专家房间出来了，她沿着楼梯走到了电梯口。

翠萍撇下我们，飞奔过去，喊住"粉裙女孩"。

她们站在电梯口不知在说啥。说了一会，"粉裙女孩"又转身回了李专家的房间。

翠萍过来对我说，你去买几个避孕套。

翠萍这极品，竟让我去买那极品东西！

她一定昏头了。他们都冲着她哈哈大笑。他们说，你让他去？他还未成年人呢！看你这执行总监！

翠萍涨红了脸，改口让朵朵去。翠萍说她一急，就忘了我还是中学生，她说，中学生根本就不适合在这儿干，中学生根本就不该社会实践，当然，他们也该懂了，别把他们想得太纯，其实他们啥都懂……

我靠，这极品为自己辩嘴，还顺带损咱中学生。她怎么不说这社会让他们给败得不适合小孩进来实践了呢？


而这边，朵朵不肯去买那极品东东。

朵朵说，有没搞错，让我去买？我不去，要去你自己去。

翠萍说，这是工作，你这人怎么这么没职业精神？

朵朵说，可笑！你职业？！你搞这个名堂也配叫职业？！

朵朵突然仰脸而笑，她骄傲地说，当然，也可能，这确实是你的职业，但不是我的职业。

翠萍气得说不出话，她说，扣奖金，扣奖金。

趁她们斗嘴，我赶紧跑开了。

我在楼下大堂给板寸头贝贝打了个电话。

我说，你上回不是说你有个表哥是警察吗？

她在那头压根没听我在说啥，她叫道，哥，你这几天在忙什么呀，不得了了，姐这边风起云涌，十七八个人，包括我的同学，都要求加入我们的队伍。

我们的队伍？

对，我们的队伍。小豆的事都传开了，光小豆的同学就来了仨，要求我们出手，家庭维稳，保家为国。

我说，奶奶的，你好强啊，我们有队伍了？

她说，有有有！少年别动队。让那些恶心的花爸、小三别轻举妄动，看管着点他们。

我说，还不如叫少年捉奸队。

她在那边笑，你好恶心。

她想起了什么，说，你找我干吗？

我说，你不是有个表哥是警察吗？

她说，是啊。干吗？

我说，快让他来抓嫖娼。在金豪大酒店18楼1818房间。

她说，这事与你有什么关系呀？

我说，与我没关系，但我得帮我女朋友一个忙。

板寸头说，哇哦，你有女朋友了？你搞得好活哦。谁啊？

我说，大美女。

她在那边尖叫，屁，你有女朋友了，我怎么不知道，骗人吧。

她说，你不会打电话给警察局吗？

我说，不是都说五星级酒店他们不管的吗？

她说，好吧，我托人管管这事。


我在楼下大堂和花园里转了一圈，上楼来，见朵朵正坐在走廊
尽头的沙发上，把头埋在扶手上。

翠萍自己去买那个极品东东了。

我走过去想和朵朵说话，就看见翠萍从电梯里出来，像遇到空
气一样地掠过我，一路屁颠，去敲1818的门。她把东西递进去，又
像遇到空气一样地从朵朵坐的沙发前掠过，乘电梯下楼了。

我站在楼梯口，老是去看手机上的时间，我想，板寸头贝贝的
表哥怎么还没来？

正想着，电梯里出来一群人。高矮胖瘦，吵吵闹闹，有几个穿
着迷彩服。

我定睛一看，是一群和我差不多大的小孩。

领头的正是贝贝。

贝贝冲我说，1818在哪，1818在哪？

我说，你表哥呢？

她向我打了一个响指，她说，要我表哥干吗？他在城北，他就是来了，菜也早就凉了。

她说，我们自己先来摆平，我们打车来的。1818在哪？

我傻了眼。

而她径自领着他们奔1818去了。

他们敲门，他们大声说，我们是市少年警校的，开门，开门，开门。

我的妈妈呀，这妞够彪悍，这回绝对玩大。

我跟过去。一胖男生向我一笑，冲我扬了扬手里的证件，市少年警察学校的学员证、培训证。

门终于开了，一帮人冲进去了。贝贝说，老实交待，刚才是不是做了坏事？

李专家和那"粉裙女孩"绝对被震住了。他们说，没啊，我们是朋友，在聊天。

屁。那个胖男生说，她叫什么名字？你说。

李专家嘟哝，苏小小。

连"粉裙女孩"自己都笑了。

还苏小小呢？我还小凤仙呢。

我站在门口瞥见李专家开始哀求，他说别告诉他的单位。他说他是有名的专家，他有80岁的老母亲，老婆得了胃癌……

那"粉裙女孩"在一边瞅了会，说，你们是什么人？是假冒的吧？

李专家这才醒过来，他想站起来，他笑道，哈哈哈，是一群小鬼，搞我啊？要多少钱？

胖男生指着他说，屁！给我坐下！我们怎么假冒了？我们在少年警校培训过，谁说我们不能管你们这些违法乱纪的！

李专家挥手笑道，少年警校，那个不算。

贝贝说，谁说不算，那么，你说什么算？

一个男生尖声说，与不良现象做斗争，你说还要哪个算不算？

另一个男生帮腔，如果这不算，那么让我们受教育受培训干吗？我们就是少年监督岗。

李专家想去拍贝贝的肩膀，被贝贝一把打掉了他的手。他笑着想张罗大家坐下，他说，你们说吧，要多少钱？要不等会儿伯伯再请你们下楼吃哈根达斯？

贝贝说，呸，你以为我们要敲诈你啊？！

李专家说，那么你们要我怎么样呢？

接下来怎么办？大家相互瞄了几眼，发现对啊，已经扫黄打非了，接下来怎么办？扭送公安局？

"写下来，写检讨！"贝贝他们说。

对，我们在学校里写过太多太多检讨，他们动不动让我们检讨，这是我们最熟悉的招。

正闹着，翠萍冲过来了，她问站在门边上的我怎么回事。

我装傻说，不知道，突然来了一群人。

翠萍就像狮子一样冲进了房，她对一屋子人尖叫，你们在干吗，出去出去出去，你们这些小孩，给我出去！

正推搡间，板寸头贝贝的警察表哥他们进来了。他们说：你们在干吗？人呢，哪两个是啊？

我们突然发现，那个"粉裙女孩"趁刚才的混乱早溜走了。

而李专家一眼看见穿警服的进来了，立马崩溃，思维紊乱大爆炸，他指着翠萍骂：臭婆娘，原来是你给我下套啊，原来是你们想捏住我的把柄让我乖乖地听你们单位啊？我还从没见过这么狠的单位！

我站在门边上，看见走廊那头朵朵在冲我们这边笑。

　　我跟着一堆人从她身边走过的时候，她还在笑。我没听清，她好像对我说了句什么。

　　我真希望她说的是：嗨，好坏的小孩！

　　我真希望她知道我帮她出了点气。

# 放假后

## 十五、伤心

我坐在湖边的树丫上，水里映着我的脸，它好像长大了一圈。妈的，我不想长大了。真的不想长大。

少年捉奸队一哄而散。贝贝在大堂里等我。

她问我，你女朋友呢？

我指着正从楼上下来去总台看账单的陈朵朵，说，那个。

贝贝捂嘴高呼：哇哦。

我问她还行吗。

她盯着那边像个大笑姑婆拼命狂笑，说：美美的，漂漂的，但也太大了吧？没准是剩女吧？

我说，是她自己说的，我可以算是她的男朋友。

贝贝白了我一眼，说，逗你哪。

我说我知道她逗我，但我高兴被逗。

贝贝就拎我的耳朵说我好花。我护着耳朵绕着酒店大堂跑。我说，不说这个了，你的少年捉奸队好牛B。

她停住了脚，说，你好恶心，我可没想用这个名。

我说，那就用"少先队监督岗"吧。

她说，你好恶心，那是忙共产主义事业的，监督花爸花妈的事怎么用得上这个名？！

我说，我们的队伍有多少人？

她说，14个，喂，你做个小队长吧。

我大笑，一摆手，先溜了。


大猩猩的脸黑了好几天。

翠萍气呼呼地写一稿又一稿的检讨书。她就不明白了，打哪儿冒出了这么一群小孩。她对办公室的人说，难道现在小孩都在社会实践？怎么扫黄的事他们也实践？

而朵朵坐在她的角落里，盯着电脑发呆。她这个月的奖金被翠萍扣了一大半。

……

趁他们心情很差，办公室气氛沉闷，我就往外溜。

我在街上逛，我想着"少年捉奸队智擒李专家"的事，就很乐。

街边一只收音机里正在播"电波怒汉"高老头的节目，他正在训人哪，训得一个搞大了别人肚子的家伙可能连死的心都有了。我差点笑死。我想起好久没去看他了，就跑去了他家。

他在家。我说，高老师，满大街都在说你的节目呢，从晚上播到白天，你红啦。

高老头穿了件唐装，变得像个说相声的了。他向我摆手谦虚，说，我的节目火，说明社会道德滑坡时人民需要挨骂。

我想他说的可能也对。因此我没敢告诉他我家隔壁的陈哥方姐是把他当娱乐听的。他们对我说过，你这老师好逗啊，他这是当真的还是假装的还是在恶搞？逗死人了，好久没听这样的说教了，好博收视率啊。

我告诉高老头咱少年捉奸队的事。哪想到，我说完，高老头就缓缓站了起来，他说，世界是你们的！

他说，"90后"还没裂变，是未来的希望！

他说，我给你们当指导员吧。

我回到家。妈正在看电视。她问我吃过了吗。

我说，没。她就给我煮面条。

她看见我很高兴的样子，问我有什么好事啊。

我说，没哪。我心想，智斗李专家的事怎么能和她说。

大半厨房里水汽缭绕，我听见我妈在说，你明天就别去打工了，向单位请个假。

我说，怎么了？

妈说，你爷爷病了，想你了，你明天去见见吧。


爸妈离婚后，妈妈很少带我去爷爷奶奶家。所以，我已经好久没见他们了。我都快忘记他们了。

第二天，我给陈朵朵打了个电话，让她帮我请个假。我骑车去了爷爷奶奶家。

爷爷躺在床上，我不知道他得什么病了。他和奶奶看到我很高兴。他们说我这么大了，和向军一模一样。向军就是我那个爸。他们说他们没教好向军，让小孩也跟着受罪了。他们说着说着就哭了，我就想走。我总不能让他们对着我哭个不停吧。

奶奶拉住我说，你爸今天会从深圳回来，你总要见他一面再走。

我看爷爷在床上的伤心样，只好坐下来，等我爸回来，见一面再走。

说真的，我心里很忐忑，我想，我该对他说啥，是顺顺他，还是气气他？


我爸回来的时候，已经是下午一点了。

我看着这个已经陌生的家伙，觉得他怎么会是我爸。

　　他直愣愣地盯着我的脸说，这么大了。

　　他从包里翻了半天，想给我找出点什么，其实我看出来了他啥都没给我带过来。

　　最后他给我一条领带。说真的，我用得上啥领带。（后来，我趁他不注意，就把它塞回到了奶奶的枕头下面。）他说要带我去玩，问我最想去哪里旅游。我告诉他我哪有时间玩，我得打工赚学费。他的脸就红了，掏出钱包，想给我钱。我说，我不需要，我的学费已经够了，我们不太借钱，因为还不起。他说，谁教你这么说的，你妈吧？我没理他。他脸上掠过的神色让我很高兴也很悲哀。我哼着歌，去看电视。

　　他在一边盯着我，他问一句我答一句的样子让他很怅然。我突然有点可怜他了，我想，他怎么会是我的老爸？他到底在想啥？这些年他就真的从不想起我们？

　　他盯着我说，今天晚上你要不别回去了，和爸爸住一夜。

　　我说，不，我晚上要去歌厅，我打工的单位有客人，我要去帮忙。

　　他说，你这么小就去歌厅，这不好。

　　我瞟了他一眼，觉得机会终于来了，我说，打工有什么好不好的，你管得着吗？

　　他说，你怎么这么说，爸是要你好。

　　我说，但你也没要你自己好呀，你这么多年没管我了，凭什么现在要为我好了？

　　他说，谁教你这么说的，是你妈吗？

　　我说，别管我是谁教的，你又是谁教的？爷爷奶奶说他们可没教你。

　　他跳起来，说，我看出来了，你就是想让我生气。

　　我说，那你可别生气。我这么小都已经学会不生气了。

他就给了我一个耳光。

我心里是那么高兴，因为机会终于来了。

我握起拳，狠狠往他胸口一击，又一击。

他被我打倒在地上。这小白脸爸。我一脚踩在他的肚子上，他大呼大叫。我拼命揍。

奶奶进来了，她比我想的出色，她说，打吧打吧狠狠打，他就该给你打。


我稀里糊涂地冲出了爷爷的门。

我骑着自行车一路飞奔到湖边。我在湖边走来走去。我想着我爸刚才被我揍到地上的惨样，心里居然又变得很软。我往树干上捶了一拳，心想，我怎么了？

我坐在湖边的树丫上，水里映着我的脸，它好像长大了一圈。妈的，我不想长大了。真的不想长大。

在湖边，我坐到了天黑。


奶奶后来打来过一个电话，说我爸被我气得在床上躺了一天，心口痛。奶奶要我回去给他道个歉。可我没想好怎么去。

第四天傍晚，我向妈妈撒了个谎，说要去图书馆。

其实我去了爷爷奶奶的家。

爷爷奶奶见我来了，说，你爸爸坐今天下午的飞机回深圳了。

我发怔的神色估计被爷爷奶奶看出来了。他们赶紧说，你爸其实是喜欢你的，我们看出来了他这些天一直在盼你来，但又不好意思给你打电话。

我心里软了一下，但我嘴里说，他也就看见我才说喜欢我，平时他想起过我吗？

这话让爷爷奶奶又难过了。其实我不想惹他们难过。

　　我告诉他们，我白天要打工呢，所以现在才来。他们说，没事，这事过去了也就过去了，有空的时候给他打个电话。

　　我问他的胸口怎么样？他们说，还好，给他贴了张膏药。

　　爷爷奶奶把我送到门口。奶奶把一个红包塞给我，说是她和爷爷给的。

　　其实我知道是他给的。

　　我往家里走的时候，心里真的很复杂。我想着他拖着个行李箱往机场去的样子，我想着他捂着胸口想我怎么还不来的样子。

　　我想，妈妈的，本来是他欠我的，怎么变成我欠了他？

　　本来是大人欠我们的，怎么变成我们欠他们的了？

# 放假后

## 十六、许多人在找我们

我赶到那儿。她们早在门口了。向红穗是个胖女孩，
有些害羞的样子。贝贝把她向我这边一推，说，今晚
你扮她的男朋友。

有天，我看见家门口的电线杆上有张白纸，几个男孩在围观，还笑成一团。

我凑过去，原来是张寻人启事——

## 寻人启事

本人家庭遭遇难言之忧，悉闻本市有"少年捉奸队"在行动，知情者请伸出援助之手，告知本人该队联络方式，万分感谢。

李先生

手机：########

我傻眼了，这"少年捉奸队"名声在外了？

我立马掏出手机，打给板寸头贝贝，我说，喂，人家在找你哪。

她说，找我的人可多了去了，我不早说过了吗，找我当"抗小三"网站形象代言的都有。

我说，人家都找到电线杆上去了。

我正说着，突然一只手搭在了我的肩上。

我扭头一看，妈呀，是李大头李雷。

我知道他这人，我们小区的，号称"职高小爷"，平时我很少和他说话，只要你不惹他，他也不会找你的碴。

他戴着耳机，摇头晃脑不知在听谁的歌，他瞅着我笑道，嘿，是你吧？

我说，什么？

他说，"少年捉奸队"是你吧？

我说，我哪知道这事？

他把脸凑近我的鼻梁，他在分析我的眼神，他笑着说，妈妈呀，就是你！有小孩说，是你们一伙在玩这个。

我说，谁说的？

我知道我的脸一下子红了，因为它很热。

看他笑得诡异的样子，我指着电线杆上那纸，说，李先生？不会是你在找"少年捉奸队"吧？

其实我只是想岔开话题，哪想到，这小子居然点头说，是我，是我，是我，是我在找你们。


李雷说，帮我个忙。

我说，你爸还是你妈？

他说，屁，我爸即使想去找小蜜，也没人看得上他。

他说，我这是受人之托。

他把嘴凑近我的耳朵，说，一单业务，是完全有意义去做的。

他平时看见我爱理不理，今天搭着我的肩，像个哥们，说要带我去见一个需要帮助的人。我说我和"少年捉奸队"可没什么关系。他就放软口气，开始求我：一起做吧，以后你有事，我一定两肋插刀。

他给一个叫什么"徐冲天"的人打了个电话，说，哥，给你找着啦，你放心，他们人小，眼尖，准行。

我以为我将见到的徐冲天是个愁眉苦脸、老婆被人拐了的家伙。哪想到，他文质彬彬，大热天还一身西装。他坐在瑞宝写字楼的大堂吧，我们走过去时，他向我含笑点头，说，小伙子，要靠你了。

他和李大头交换眼神的样子，让我觉得好像踩在一团阴沉暧昧的棉花堆上。

我后悔跟李大头到这里来。

徐冲天向我笑，他好像看到了我的心底里去。他说，别担心，不是什么轧是轧非的事，不是什么整人的阴谋，完全是我的一个老同学托我事务所办的事。

他说，我这同学是个女同学，陪女儿在澳洲读书，她和女儿长年都在那边住，是那边的人啦，这边就留她老公上班赚钱，是一个厅的什么官。

我和李大头异口同声：裸官啊。

徐冲天掸了一下西装的前襟，说，也可以这么说，而现在问题是我那女同学在那边不放心了，想让我请人帮盯一下她老公，会不会有别的女人了。

我感觉怪怪的，因为这事和我们以前盯自己爸妈不一样，哪儿不一样，我一下子辨不出滋味来，好像还是走在棉花上。

徐冲天好像又看到了我的心底里，他说，有报酬的。

李大头这憨货，也学他的样，向我点头，说，有报酬的。

李大头接着扭头和徐冲天开谈价钱。

徐冲天说，一万吧。

李大头说，我们这边有二三十号人，如果没这么多人跟盯，就有漏洞，所以经费一万块钱紧了点，这么热的天，我们这些小孩不容易，得两万。

妈的，李大头像个经纪人。

我差点想笑。

趁着他们谈，我赶紧去洗手间，免得笑出来。

一只水龙头在漏水。我看着洗手间里明晃晃的墙砖，想着那没见过面的裸官，突然觉得他活该。

对，活该。不知从哪个路子搞来钱的，把老婆孩子送出去享受，结果，反过来活该自己还被老婆安排人盯梢，这不是受虐狂吗？

我从洗手间回来的时候，李大头好像和徐冲天谈好了价。徐冲天对我说，要不，先听一下她的电话。

他拨通了澳洲的手机，向那头吹了一通"捉奸队"之神勇，寻找之艰辛，然后把手机递给我。

我听到了一个严肃的女声。电话信号不太好，我听不太清她的话，只听清这一句——"我想知道他是怎么解决他的需要的，难道他没有需要吗？你们着点力，钱会汇过来。"

妈呀，她还不知道我才多大，真奶奶的丢脸。


从写字楼出来，李大头搂着我的肩，脸笑得像一团花。

他说，不错吧，哥们，我谈得不错吧，给了1万8。

李大头说，妈的，知道这样，我该开口3万的，其实就是给3万，徐冲天也有得赚。你说，他向那女的要多少？

我说，这群傻瓜。

他说，绝对傻瓜，偷鸡摸狗的都是，正是傻瓜，咱才有商机。

他拍着我的肩，说，"少年捉奸队"需要个经纪人，我当经纪人吧。

我笑。

他说，这是个品牌，绝对品牌，绝对来钱。

他像个疯子，要给我们当经纪人。而我说，我可没想好干不干，因为那群小孩可不由我说了算。

第三天，李大头在街边拦住我，问我：你到底做不做啊？

我说，不行啊，我妈不同意我轧是轧非，加上单位里忙，再加上我们队里的小孩都只管自己爸妈的事，这还顾不过来……

李大头撇了一下嘴，他可能早猜到我会这么答复他，所以他摆出一副有什么了不起的神情，他说，没什么，哥立马也去组一个"少年捉奸队"，就这名。

他打了个响指，骑车远去。

板寸头贝贝打电话过来的时候，我告诉她"裸官"老婆，以及李大头想做我们的经纪人这事。

她在那头"咯咯"笑道：想给我们钱？我们值钱了？太崩溃了。

她说，"裸官"老婆向我们求助，昨天还有一个"二奶"，拐弯抹角地通过小豆豆找上门来，要我们给她一个协助，天哪，我们这样做下去恐怕真要成为反腐生力军了。

但是，我们好像不是这个路数。

我们的路数只和爸妈有关，因为我们毕竟还是小孩，我们只能在意自己的处境。

贝贝问我晚上有没有空。

她说，我同学向红穗的事，跟我们一起去吧。

我说，我晚上不想去了，这些事我烦了，真的烦了。

她说，晚上你不用费力的，因为我和向红穗是女生啊，得你在旁边帮我们看着点，帮个忙吧。

晚上她们电话过来，狂呼乱叫的，让我快快骑车去蓝莲花会所，向红穗她妈在那儿哪。

我赶到那儿。她们早在门口了。向红穗是个胖女孩，有些害羞的样子。贝贝把她向我这边一推，说，今晚你扮她的男朋友。

我脑子一"嗡"，说，你不是说让我在旁边看着就行吗？

贝贝笑道，这不也相当于在一旁看着嘛。

我说，我不扮，有这个必要吗？

贝贝说，有，气气她妈。

我靠，原来今天不是盯爸，是盯妈。

她妈怎么了？我问。

向红穗看我一眼，没理我。贝贝告诉我，红穗妈是搞房地产的，超有钱的，只是搞房地产的，你不搭上人家，谁给你地呀，所以她妈为了地，家都快不要了……

我心想，够神的吧，连中学生都知道房产与搭上人的关系了。

贝贝说，绯闻传得满城风雨，说什么的都有，向红穗头都抬不起来了，书都不想念了。

我看向红穗低着头的样子，就说，如果是传言，得学装作没听见。

这怎么可能？向红穗细声细气地说，我也要让她尝尝难堪的滋味。


向红穗羞涩了一下，拉住了我的手，就往蓝莲花会所里走。

服务员不让进，说是会所。但向红穗报出她妈的名字后，他们就让我们进了。

贝贝给我们殿后，她坐在等候区，装模作样地看报。

向红穗说，呶，就是那边。

我还没搞清楚那边是哪边，向红穗就搂住了我的腰，大声地对服务员说，那边，我们要坐那边，对，就是那个位子，那边是吸烟区？对，就是要吸烟区。先给两杯冰水，劳驾，再把酒水单拿过来……

她声音很响，动作夸张。我想，她在豁出去呢。

她和我坐定。她凑近我耳朵说，旁边的那一桌，就是我妈和她姘头，一个管地的，正在看我们呢。

我这才看见左边那桌坐着两个人，那个女的，风姿绰约高雅，比翠萍李彩云强多了，可看不出她是向红穗的妈。

向红穗大声叫服务员端来两杯红酒。她对服务员说，把钱记在我妈的账上，喏，就是坐在那边的那个。

她端起酒杯，对我说，干。

我还从没来过这样高档的地方，我坐在这里，感觉周围全是镜子，有点晕。

我说，我不会喝酒。

她没听我说什么，自己先喝下去了大半杯。我靠。她压根看都不看旁边那桌一眼，她看着我问，你抽烟吗？我说，不。她说，那我抽了。

她不知从哪掏出一包烟，取了一支，含在嘴里。她说，你给我点上吧。

她瞪着天花板，想装出得意扬扬的样子。一刹那，我很可怜她。

我给她点上烟。我看见旁边那个女的脸上很难看。

向红穗肯定不会抽烟，她才抽了一口，就呛得什么似的。我给她端起冰水杯，让她喝。她笑，她推开杯子，大声说，我们暑假去哪儿玩？

我说，游泳馆呗。

她大声说，青岛！我们得去青岛！

她说，明天就去，我们俩一起去。

她把手臂搭在我的肩上，她说，你成绩好不好？我成绩可不好，我不想读了，干脆我们去深圳打工吧。

她把她面前的红酒喝光了。

我低声说，淡定淡定。

她没听见我在说啥。她伸手拎过我的酒杯说，你一点都不喝？那我喝啦。

她像个辣妹，搞得声势很大，周围客人在看她。

我不知道后面怎么办，因为旁边那桌的女人好像快要走过来了。

向红穗用手缠着我的脖子，亲了我脸上一口，她大声说，哥，我们是不是明天真的就去青岛？反正我明天一定要出发了，这儿我不要待了。

她捧住我的脸，亲了下我的嘴唇。

我面红耳赤。初吻就这样完蛋啦。

它成了对付家长的武器啦。

向红穗可没想得那么多。她端起酒杯站起来，大声说，哥，我过去敬她和她的男朋友一杯吧。

就过去了。她过去后，笑着指给她妈看，"这是我的男朋友，我也给自己找了个男朋友"。她脸上美美的，得意得像开了花。

昏暗的灯下，她妈的脸比抹布还灰。她看了我一眼，刀子一样。和她妈一起的那个秃头大叔，惊愕地看着向红穗。我听见她妈在说，这是我女儿，刚好也来这儿，一起吃吧。"秃头叔"说，好好好，一起一起。

向红穗说，不啦，不一起啦，每个人都需要私有空间，我敬你们一杯吧。

我还没看清怎么回事，她就把酒倒在那个"秃头叔"的头上，和她妈的裙子上。

两个大人跳起来，忙不迭地理衣服。

她妈泪流满面，拼命摇着向红穗的肩膀说，穗穗，你怎么变得这么坏，妈白养你了，你要向叔叔道歉。

向红穗把酒杯丢在地上，碎了。

她说，我道歉？还是你和这个叔叔得先向我道歉？你说，谁该最先道歉？

她说，你要那么多钱干吗你要那么多房子干吗学校里的人都在说你的怪话我的怪话我家的怪话我期末考试三门不及格我毕不了业了我头都抬不起来了我不想待了我不想过了你要那么多钱干吗……

向红穗的眼泪就崩了，哭得稀里哗啦。

我知道她其实是一个斯文女孩，弱得像一团面团。

服务员赶紧过来扫地。其他客人都看着这边。

向红穗她妈说，你别管大人的事，小孩管什么大人的事。

向红穗说，我不管大人的事但大人的事可没放过我……

"秃头叔"说，我先走了，我先走了，你们好好谈。

他就溜了。

我看见板寸头贝贝在那边向我招手。我赶紧也跑了。

留下向红穗和她妈自己去哭吧。


几天后，我在晚报上看到一条社会新闻：

### "捉奸团"专抓"野鸳鸯"

　　本报讯　入夏以来，本市东江畔芒湾路偏僻路段，成了一些"野鸳鸯"偷情之处。7名十几岁少年突发奇想，组成了一个"捉奸团"，持刀向"野鸳鸯"们抢劫钱财。昨天城南公安机关透露，"捉奸团"的7名成员已全部落网。其中为首的是一名绰号"李大头"的18岁职高男生。

　　据警方初步调查，两周的时间内7名少年作案14起，但警方只接到3起报案。

……


李雷李大头！

我瞪着报纸，心想，妈呀，原来李大头还真的去组了支"少年捉奸队"。

# 放假后

十七、窃听

他说：小翠，你怎么拿下那丫头啊？

她说，先从思想上搞定她，再下手就不费吹灰之力，

水到渠成。你说呢？

李雷李大头的事，虽和我们不一样，但多少也唬了我们一跳。

我对贝贝说，咱该先收收兵了，理理战略思路了。

其实她也累了，她说，完全正确。

于是，我的注意力又回到了冷落了好一阵的设计局办公室。


我看见朵朵坐在办公室的那头，"噼噼啪啪"往电脑里打字。

键盘像带着一团火。

我知道她又在不高兴了。

如果我是她，心里一定也会很烦。

果然，她推开电脑，站起来，从正在拖地的我身边飘过。她往七楼走。她还回头看了我一眼说，够干净了，别拖了。

我知道她是去露台。

她常躲那儿抽烟。她还以为我不知道。


人长大了，上班了，有钱了，就不太开心了。我瞧着陈朵朵的背影想。

虽然这个暑假像做梦一样，但这一点，我已经看出来了。

我还看出来了，吴丽娜翠萍张红李彩云蒋耀……都在装兴高采烈。

别看他们像一只只蝴蝶，在黄峰局长身边扑闪，其实他们心里烦着呢。他们围着他飞啊飞，眼睛里是敬畏，好像他随时会掏出一把刀架在他们的脖子上；他们眼睛里还有巴结，好像他随时会掏出一块饼，让他们去抢。

那么，他口袋里即将掏出的，到底是刀子还是饼呢？

有一天，我在厕所里听人在说，设计局要对员工岗位进行评级了。

"为什么人越来越雷了？"

"因为发急。"

"为什么发急？"

"因为要抢。"

"为什么要抢？"

"因为不公平。"

"为什么不公平？"

"因为没有标准。"

"为什么没有标准？"

"去去去，上班又不是你们中学生考试。"

有一天中午，我和朵朵在露台上。我问她。她有一句没一句地答我。后来她可能有点不耐烦了，就眯着眼睛告诉我，小男孩，别问那么多，还是快点回学校去吧，学校多好啊，这社会实践的干活，以后有的是，就怕你想不实践都不行。

她对着天空远处的云朵，突然仰头哈哈大笑，她说，告诉你吧，我现在每天就是以社会实践的心态在上班，哈哈。

她说话总是带着调调。她才不管我懂不懂。

这时候的她显得有点怪，但我喜欢她这个样子。

她停住笑，拂了一下头发，对我说，你还是好好读书吧，以后出国留学。

我说，我没钱，再说你看我适合留学吗？

她把手按在我的头上，说，小男孩，如果你从小老实、讲规矩，那就出国留学吧；如果你从小就会混，那就留在国内发展吧。

她瞅着我"咯咯"笑。她说这是她有次在外面吃饭听邻桌几个中学生妈说的。

我正在想这是啥道理，她径自往天梯那边走，回头给了我一个媚眼，说，小男朋友，好好学吧。

正说笑，翠萍从天梯那边探出头来，她让我下去，把一份材料打好。


我在文印室打材料。突然手机响了。我一看是彭姨。

她说，你这几天还好吗？

文印室里人多，我捂着手机，赶紧走到走廊上。我对彭姨说，好啊好啊，没听到什么。

彭姨说，昨夜他没回家，说是在办公室里赶材料，他真在赶材料吗？

走廊上，蒋耀他们正在抽烟。我说，Maybe。

彭姨说，屁，事实上，我昨晚11点给他办公室打电话，没人接。

我看见楼道旁的会议室没关门，赶紧溜进去，顺手把门合上。我说，彭姨，那么你告诉他你给他办公室打过电话了吗？

彭姨说，我没戳穿他，因为他一眨眼就会给你又撒个谎，我得先了解清楚。

我说，我去了解。

她说，是不是有个女的叫陈朵朵？

我说，你怎么知道？

她说，有一天，他在梦里叫这名字。

我靠，这大猩猩。我还服了这彭姨的警觉性，睡梦里也睁大眼睛。

突然，会议室的门把手被人从外面扭了一下。

有人进来了。

我绝对傻眼。

因为进来的是大猩猩黄峰局长。


他拿着手机，贴着胖脸，边说话边进来。他没往我这边看。

我赶紧往落地窗帘后面躲。

它刚好掩住了我。

我压低声音说，彭姨，也可能他在梦里开会训人哪。

开会？

对，开会时他训得最多的就是这个陈朵朵。

我撅掉手机。

大猩猩黄局长，在屋子里走来走去，握着个手机在说话，他说："你过来，我在会议室。工程部的正在我办公室里重新装电脑，所以我们在会议室谈。"


进来的是翠萍。

翠萍说，大黄啊，我早想来给你汇报呢，可你办公室里访客不断，我都瞅不到我的点了。

华丽哆声，穿过窗帘。

她一屁股坐在他的身边。沙发"吱咯"乱响。她像是贴了过去。

大猩猩往另一边挪屁股，他说，翠萍，下一周我们要开一次合

作单位联谊会。接待工作，你们公关部负责。

翠萍说，好好好，我们提前做准备。

大猩猩说，上次专家研讨会你们闯了大祸，这次……

翠萍打断他的话表态，这次我们一定办好。

大猩猩说，朵朵那丫头，你得调动她的积极性。

翠萍说，她就是太傲。

大猩猩说，太傲？如果她不书生气，我放你在那里干吗？我放你在那里，就是为了把她协调起来！

我透过窗帘，看到翠萍这厮把手搭在大猩猩的腿上撒娇。她说，大黄啊，我是有责任，但那丫头冲着你在意她，哪会听我的。

大猩猩推开她的手说，我在意她？我在意也没用啊，她扶不上墙，本来倒是个很灵光的女孩。

翠萍不依不饶把手搭在他的肩上了，说，我就知道你偏心她，我就知道你对她流口水了是不是？但这样的女孩街上有的是，想进这个单位的有的是，她有什么好的？

黄峰"呵呵"地憨笑，果真像在流口水。相当极品。

他伸手拧了一把翠萍的脸，说，小翠，你这话说得酸津津的，你和小姑娘比什么比，咱是老朋友了，这两年虽没走得太近，但感情在哪，要不我会提你任公关部执行总监吗？

翠萍一听这"老朋友"，就先感动了。她愧疚地说，大黄，我懂了，就冲你这一句，我一定尽心，我一定帮你想办法拿下。

大猩猩的手开始不老实了一下，这么个徐娘娇声说，大黄，你还是这么坏呀，你是想托我做事才这么坏还是真的花成这样了？

她那嗲声嗲气，相当极品。

他说：小翠，你怎么拿下那丫头啊？

她说，先从思想上搞定她，再下手就不费吹灰之力，水到渠成。你说呢？

大猩猩说，是的，要做好思想工作。

翠萍说，做思想工作，这是我的特长，你看我的，我会晓之以理，动之以情，一定战无不利，攻下堡垒。

翠萍激动了，"啪叽"地亲了一下大猩猩那胖脸。

大猩猩说，好啦，好啦。就站起身来。

他们就出去了。

留下我，心里"怦怦"跳着，满房间都是心脏跳动的声音。

我躲在窗帘后面，我好像拉不动它了，它的灰尘落在我的脸上。我的理智在说，干完这星期，赶紧撤吧。而我的情绪好像在犯倔。我想着朵朵对我笑着的样子，我说，我来了，我帮你。

# 放假后

## 十八、潜伏

妈呀，这近在咫尺的大猩猩，脸红得像猴屁股，眼神
像饿了几个月的母狼。

翠萍把奖金补给朵朵，说扣钱不能解决世界观。

翠萍说，黄局长都批我了，说我这人心太急。

翠萍说自己需要学的东西太多太多，特别是管理能力。

……

翠萍给我们开会，说到眼圈发红，头发奔拉。

她夸朵朵做事利落，有专业水平，到底是研究生。

她当场任命朵朵为小组长，负责策划即将召开的联谊会。

中午的时候她拉朵朵去逛街。

下午的时候她扎在朵朵的电脑前，让朵朵帮她从淘宝上选衣服。

周末她约朵朵去看世博会。

她像一团棉线缠啊绕啊。

真她妈的丢脸。

我在心里冲着朵朵说：别理她。


星期一，设计局的"合作单位联谊会"召开，为期三天，在花都大酒店。

翠萍和朵朵在会务组，驻会。晚上她们住在酒店。我是跑腿，每天一早要赶到酒店，听候吩咐。

会议的第二天清晨，我骑车到了酒店。一抬头，见朵朵正穿过大堂，飞一样向外面走。

这么早，她去哪？

我招呼了她一声。

她点了下头，继续走。她嘴里在说，流氓。

我知道她不是骂我。她脸色很差，拎着个包。

我说，你去哪？

她这才停下脚步，向我一扬手，说，对了，小男孩，帮姐去总台把这房卡给退了。

我接过房卡，说，你要回去了？

她说，我回去了。

她转身就走。我跟着她，问，今天不是还要开会吗？

她急匆匆地说，姐不开了，老流氓刚才说他要过来了，要到我房间来了，他马上就到了。

我不太明白她在说啥，我问，黄局长？

她"噔噔"地往台阶下走，她突然想起什么了扭头对我说，难怪翠萍这贱婆昨天半夜突然说家里有事，回家去住了，原来他俩是串通好的！

我说，对，他们是一伙。

朵朵说，结果今天一大早，老流氓就打我的手机，说，"你还在睡啊，呵呵，我过来了"，姐一听，就立马起床，走人。

我瞠目结舌。原来这样啊。

朵朵走出了酒店，招手，打车而去。


我握着房卡，站在台阶上。我想，她就这么走了？

我看见大猩猩黄峰的车从大门口开进来了。

我转身往酒店里跑，我冲过大堂，进电梯，上楼。

我这辈子可能最大的恶作剧就要爆发啦。

我用房卡刷开房门。

我跳上床，用被子蒙住头。


我听见有人用手指轻扣了一下门。

我听到有人用房卡刷门。

门开了，有人进来了。

他说，呵呵，朵朵，我来了。

他说，你这丫头啊。

他在用手拍我的被子。他说，你这丫头心眼有点死，但我就喜欢你有个性有才华，我年轻的时候也这样。

他好像坐在床边，他拍着我，说，朵朵啊，你可能还不知道你多有潜力，你写的文案和你的脸蛋一样漂亮，我不太表扬你是怕你翘尾巴，其实我心里喜欢着呢，你进单位的第一天，我就发现你灵光，还好看……

这厮叽叽歪歪，我钻在被子里都要闷死了。

这厮突然说了声什么，就整个人压在我的被子上。

妈呀，我叫了一声，撩开被子，"噔"地坐起身，推开他。

妈呀，这近在咫尺的大猩猩，脸红得像猴屁股，眼神像饿了几个月的母狼。

他大吃一惊，看着我。

我假装揉着眼睛，说，谁呀？

他喉咙里发出"咕咕"的怪声音，他说，啊，是你呀？

我说，啊，是黄局长你。

他说，怎么不是朵朵，是你呢？

我说，是我，原来你找她？

大猩猩的脸像一只躲闪的红皮球，他说，没没没，我没找朵朵，我找你。

我说，找我？

他说，对对对，我来叫你起床呢。

他假惺惺地板着脸，说，小鬼，你怎么还在睡觉，起床干活啦。

我一边下床一边朝他笑，我说，我本来不住这儿，朵朵才住这儿的。

大猩猩的脸像一块难看的抹布，往下淌汗。他说，我没想到你住这儿我没想到她住这儿我没想到你们到底是谁住这儿反正我是来找会务组的。

他可能还以为他反应快呢。真他妈的贱。

我说，怪不得，黄局长我刚才好像听你在叫朵朵。

看他支吾的样子，如果旁边有块胶布，他可能会扑过来粘住我的嘴。

我说，朵朵本来住这儿，但她爸昨天后半夜肚子疼了，她回家去了，让我连夜赶来这里替她。

他说，她爸肚子疼？

我说，对，肚子疼。你还找她吗？

他一边说"不找啦"，一边汗流浃背往外撤。


他和我一前一后出了房间。

我看见走廊尽头翠萍的嘴张得像个"O"。

# 放假后

## 十九、女孩，忧郁

她坐在那里，喝了一杯什么。她回头，看见我还在门外，就向我招手。我走过去她说，好心肠的弟弟，你看见了吧，你别管了吧，崩溃吧。

我把潜伏这事告诉了板寸头贝贝，她差点笑岔气。

她说，我靠，听着怎么像鬼子进村？

她说，我靠，这么逗的事，你怎么不喊上我？

她说，如果我在场，能拍个DV叫《智斗》。


我把潜伏这事讲给朵朵听，原以为她会笑得前仰后合谢我个不停，哪想到，她靠着露台的栏杆，无动于衷。

后来她才回过神来，她说，这当官的，平时摸一把搂一把的，我忍忍也就算了，但妈的，这还不够，为这么个饭碗，居然还要我献身，把我们想得也太贱了！这是个什么饭碗！

她神色一会儿近一会儿远，所以我不知道她是在对我说，还是对她自己说。也可能她把这个说出来只是为了心里好过一点。这我懂。我眼睛里好像有水，心里很软。我想我还小，其实不该懂这些。我故意看着别处，天那边有一架飞机飞过去。

她像一个落在露台上的可怜的天使。她的脸又好看又悲哀。我是那么可怜她，这恍惚的姐。

她说，不就混口饭吃吃嘛，人这一辈子有多短，这些鸟人还以为人人都想像他们那么过，告诉你们吧，不是每个人都想那么贱。

她拍了拍我的头，用手指弹了一下我的脸。我慌忙别过头去。她说，小男孩，算你仗义，知道保护姐姐了，姐喜欢你。

下午，我看见楼下公告栏里贴了一张纸，设计局人员岗位末位排名榜单。

我看到陈朵朵的名字排倒数第三。

设计局的人们从那儿走过，瞟一眼，庆幸自己还好。

他们放松下来的脸色，我懂。这纸，代表每月的奖金，和尊严。

我站在那儿看着名字。我17岁，我已懂这个滋味。

下班后，我在单位对面的人行道上等。等到路灯亮起来了，才见陈朵朵从单位大门里出来。

她背着包，目不斜视，往前走。从背影你都能看出她的悲哀。我不知道自己为什么跟着她。我不知道她在想啥。我跟着她走过了两个路口，还逛进了一家商店。她在女装部飞快地走了一圈，啥也没买，后来去了地下超市。她在餐具柜台那儿逛，我看见她拿起了一把菜刀，看了又看。我突然就想笑。她后来又拿了一把剪刀。她买了那把剪刀，出了商场。

在下一个十字路口，她停了下来。

她突然回头，向我这边一挥手，说，小屁孩，你跟着我干吗？

我差点落荒而逃。我忙不迭地说：我逛街。

她说，你管这么多干吗？别跟着我，姐今天想逛一圈再回家。

我还是跟着，谎称同路。她的样子有点怪怪的，一会儿和我说话，一会儿好像压根没我这个人。

我们走过了第三街、第四街、时代大厦，甚至走到了火车站。

后来她和我坐在了车站广场的台阶上，歇一歇。她瞅着那边的人流，我不知她在想啥。广场的灯光照耀她的脸，她突然仰脸笑起来，笑得好响，她说，坐在这里像个盲流，看着这么多人走来走去，我觉得自己跟不上了，所以我不准备跟了。

她"咯咯"乐着，显得陌生怪异。我不懂她话里的意思。我说，你怎么会是盲流？

她用手指点着我，笑得很古怪。她说她怎么不是盲流呢，人迷失的时候都是盲流，混在那些人精中间，不会装B的人连讲话都不会了，连接个话茬都笨嘴拙舌了，当然成盲流啦。盲流就盲流，她说她不准备跟了。

我半懂不懂她的意思。

她站起来，说，你走吧。

她说，你先走吧，我得在这儿坐一会，透一口气，再回家，免得回去看见爸妈哭出来。

她看我不走，就用手推了我一下，说，你走吧，我得接一个人，火车等会儿就到。

谁？

我男朋友呀。

我说，你不是没有男朋友吗？

她说，去去去，我可没说过我没男朋友。


我先走了。

其实，我在远处看着她。

才一会儿，上海的动车就到了。我看见她和一个背双肩包的小伙子，一起从出口处那边往外走。

他们没有打车，而是顺着马路走。

他们开始挨得很近，才走过邮电大楼的拐角处，他们就开始吵起来了。

他们一见面就吵上了？

我不知道他才下车怎么就生气了。

他们站在街道梧桐树的阴影下，我听见他在发火："你和你们头到底怎么回事，要不怎么有人给我发这样的短信？！"

她说，算我蠢，写信举报他骚扰、给我穿小鞋，但信都被退回到了他这儿，算我蠢，上面谁真管这个？现在就剩看我热闹的，传怪话的，说我和那些女的是在争风吃醋，才说他坏话。

路灯光把梧桐叶的影子落在他的脸上。他说，苍蝇不叮无缝的蛋，你敢说没你自己的原因？

她尖声说，你怎么这么说？

他愤怒地说，别怪我多心，你们机关现在都什么德性？！

你冲我吼个屁，有本事就去揍他，帮我去揍呀。

她掏出了那把剪刀。她说，去吓那鸟人啊，别冲着我吼，冲我疑神疑鬼！

他仰脸，悠悠地说，我会去的，你放心，我会去的，但这事得先搞清楚。

我听见她愤怒的声音，她说，你不信，你就扎我一刀吧，扎啊，扎啊。

她像一头愤怒的狮子，把剪刀往他手里塞。

他往后让。

后来，他转身疾走。

她拿着剪刀追。

我一边跑一边喊，住手。

我看见他奔进了车站。

她扭头就走。

而他回去了。

我站在车站外。我张大了嘴。我17岁，我不全懂大人的情感，我不懂朵朵和她这男友的前因后果，以及他们纠结的底细。我甚至觉得刚才像在做梦，也可能我只是瞥见了一个片段。

这天晚上朵朵在街头逛了很久。快12点钟了，她进了卡拉酒吧。

她坐在那里，喝了一杯什么。她回头，看见我还在门外，就向我招手。我走过去她说，好心肠的弟弟，你看见了吧，你别管了吧，崩溃吧。

她泪如雨下，笑容甜美。

# 放假后

## 二十、她的往事

"两小无猜"的感情可能是一种传说，但姐还真的就遇上了"两小无猜"了。

朵朵给我叫了杯咖啡，让我喝完就走，别管她的事。

她指着玻璃门外人影稀少的大街说，小孩，有很多事，你管不了，所以还是别管。

她说，你没谈过恋爱吧。

她说，姐像你这么大的时候，像这么样的夜晚，姐和他从中学里翻墙出来，去看《泰坦尼克号》，看得眼泪稀里哗啦，手牵手回来，那时可没想到今天这样一个晚上……你一定没谈过恋爱吧，以后等着姐看你的笑话。

她皱着眉向我笑，我发现她又哭又笑的时候也是那么好看。

她对我说，等着姐以后看你的笑话，反正这年头笑话越来越多，人人都是笑话，像做梦一样，你不可避免。

她用手掌撑着脸颊，几绺头发从指尖蔓下来。虽说她让我别管她赶紧回家，但她嘴里嘟哝着她和男友的往事，于是我知道，她此刻其实需要一个精神的垃圾桶，所以，我坐着没走。

朵朵盯着我的眼睛，好像是在对我，也在对她自己说：

　　你相信"两小无猜"吗?

　　"两小无猜"的感情可能是一种传说,但姐还真的就遇上了"两小无猜"了。

　　他是我小时候的邻居。和我们工人家不一样,他爸妈是厂里的医生。我记得很清楚,我是哪一刻喜欢上他的。小学一年级。小学一年级暑假的时候。

　　那天下午,我去他家问作业,发现他被爸妈反锁在家里。他透过防盗门的铁栏杆告诉我作业,还说他出不来。他说,他爸妈怕他出去玩水,还怕他被太阳晒坏……

　　他从栏杆里伸出手,求我别走,他说,我给你讲个故事,你别走,陪陪我。

　　他给我讲了个"太平间里的女尸",又给我讲"楼梯里的秘密",吓得我一惊一乍,拼命追问"随后呢"。他讲了一个又一个,最后舔着嘴唇说,没啦,没啦。

　　我说,我要走了。

　　他看着我说,好吧,你走了,没人陪我玩了。他指着屋里那头的玻璃窗,说,你听见玻璃窗上有只苍蝇在"嗡嗡"叫吗?你走了,只有它陪我玩了。

　　他转身就趴到玻璃窗户上,去逗苍蝇玩了。透过铁门栏杆,我就是在那一刻喜欢了他的。

　　我一年级就开始单恋了,而他好像到高一的时候才明白过来。

　　高一,有一天,他站在街角的小卖部门口买了支棒冰,对正从他身边走过去的我说,喂,你要吃棒冰吗?

　　我冲着他笑,一把拿过棒冰,说,不吃白不吃。

　　高三那年,《泰坦尼克号》红遍全球。我和他逃了夜自修,溜出学校去看杰克和罗丝。当罗丝将杰克冻僵的手指一个个扳开、杰克的脸沉入大海、罗丝游向救生艇时,我们在座位上紧紧地攥着对方的手，流泪啊。

看了电影后，我脑袋里三天三夜都是杰克和罗丝。我们说啊说啊。他的感觉和我不一样，他最耿耿于怀的是罗丝把杰克的手指扳开，自己游向新生。呵，你看，他那时候就这样爱钻牛角尖。我和他争，我说，这有什么，这是坚强啊，把手指扳开，留下死去的恋人，带上他的遗言，游向新生，而不是殉情，这很真实啊，自己是不能死的，留下爱情的回忆，对新生活也很有用，照顾好自己也是对得起别人。

他说，我的说法有点别别扭扭。其实我也觉得别别扭扭，但不知为什么爱和他争。我被这电影里的爱情感动得稀里哗啦，而他对头等舱末等舱的差别以及它们的界限分明最有感觉。

我说，不平等有什么好玩？他说，我也说不清楚。我记得他看着街边的路灯突然寡欢的样子。他说，我也不知道，看着这一点难受，但又喜欢看这一点。

我们去看了三次"泰坦尼克"这条大船，花了一百多块钱，那时候我们哪有钱，都是从午餐费里省的。

你别学姐，姐那时早恋，但成绩可是好的。姐那时就知道"两小无猜"是个神话，但姐相信姐人品大爆发了，偏偏就遇上了"两小无猜"。严重时，哪一个女生和他说话，我都嫉妒。而他对我的嫉妒则开始于大三。

中学毕业，他去了上海读大学，而我在本地的一所高校。大学里追我的人很多，大三的时候，可能有一个排，我对他们说，我有男朋友了。我就每天钻进图书馆。姐这么说，你一定相信。而他可不相信，疯狂时，他每个星期回来两趟看我，我看着他披星戴月地赶火车，我又高兴又难过。我知道他不放心。我逗他，你可以呼我的呀。于是我的呼机常常在不同时段会给我一个呼鸣。有一个周末，宿舍里的陈海红胃痛，刚好"小款爷"开了车想请我和我们宿舍的女生一起去卡拉OK。"小款爷"是部队的一个子弟，我们系以前的学生，做生意的，我早告诉他别来找我了，但他依然找各种借口来。但那天晚上，他的车来得正好，我们赶紧让他送海红去一趟医院。等我陪着海红从医院回来，已经是晚上十二点了，我们从"小款爷"的车里出来，我看见女生楼门前，我男朋友背着一只包站在昏暗的灯影下。我大吃一惊。我说，你怎么在这里？他看着那辆远去的奥迪。他说，我等了四个钟头了。他手里拿着一只玻璃杯，他喝了一口水。接着我就眼睁睁地看着他把那只杯子捏碎在手里。血，血……我到现在还记得陈海红的尖叫。

姐和你说这些，你一定觉得有病。我也总对他说，有病啊。他说，人自卑的时候，可能都有病。我说，你自卑？我记得他那天捂着自己包扎得像只包子的右手，低头说嗯。他这样子让我觉得很憨。他说，人越来越自卑是因为越来越觉得一无所有，除了那些有地位有资源的人，这年头谁不自卑？我说，一无所有？你不是还有我吗？他盯着我笑了一下，说，你？你漂亮，漂亮是稀缺资源，稀缺的就是值钱的。他说话的样子让我突然觉得很鄙视、可怜。我对他，屁，你和我还说什么你有资源我没资源，不可笑吗？他说，可笑，但是事实。我想说，我们是两小无猜过来的呀。但我没说，因为我心里突然对"两小无猜"这个词感到很悲哀。

大学毕业，他留在上海，我记得很清楚，他和我挤在南京路的人堆里，想带我去吃"哈根达斯"，我让他省省吧。他说，要多赚点钱，才能有尊严。

等我研究生毕业了，他也没赚到什么钱和获得什么地位，这我其实不在意，因为我们是从小就一起过来的。

我们的日子不像以前想的那样。他说的自卑，我倒是一天天体会到了，姐这么说，你可能还不明白，等你长大了出了校门，一定会明白的。姐告诉你，你看看外面的那个霓虹灯牌，记住姐的话，没心没肺的人才来不及自卑，而我和他，好像都不是。你也多半不是。人和人是天生不一样的，你有没有觉得有时候人心的差别大过物种的差别？

我们两小无猜，好像坐着同一辆车从小时候一路过来，开着开着，就不能不猜了。他想赚钱，想拉项目，这年头，他身边的那些做生意的，哪个不在各种规则里泡，花花草草的，凭什么就他老能对我疑神疑鬼，而我不能怀疑他。他把我想成啥啦？他整天瞎想，把我想成了什么？还来找我干吗？

奶奶的，最近不知是黄峰还是哪个极品，给他发匿名短信，想毁我。奶奶的，姐大不了不想嫁人了，不想爱什么人了，反正随便怎么着都是累人。奶奶的，男人怎么越来越坏？


朵朵擦了一下眼睛，我知道她的眼睛里有水。

她好像生气我在观察她。于是她指着我面前的杯子，说，喝，快点喝了走吧，趁你还没变坏，快快回家去吧。

# 放假后

## 二十一、悲哀的酒会

她说，人这一辈子可能真没意思，也只有看到你们这些小孩，我才觉得纯一些，谢谢你，好心肠的弟弟。

从那天起，我发现朵朵下班后，常常一个人在街上逛。

她逛啊，逛啊。我知道她把自己想成了一条鱼，再透一口气，然后回家。

我还发现，她故意越穿越土，她甚至穿上了她爸妈化工厂的工作装来上班。我逗她看着像个抖擞的女工，说，你怎么不臭美了？你是"局花"呢。

她说，屁，我要把我最难看的衣服穿上，难看死他们。

我不说你也明白她变得有点怪吧。


她在单位沉默不语了。

她本来就和翠萍他们话少，现在更少。看上去她很孤傲。

有一天，我看见她抱着一只茶杯，贴着墙飘过去，真像一个影子。

她做的报表、策划书，一次次被打回来。这当然有她自己心不在焉、出差错的原因。

我听见翠萍他们又在说她的怪话，说，扩招后的研究生是不是注水了？

我听见翠萍让她去拉项目，晚上去陪客户喝酒。翠萍这极品，拍着朵朵的肩，说，项目是一个个喝出来的，现在哪个项目不是喝出来的？

我看见陈朵朵有时喝高了回来，蜷在办公室的沙发上，脸色苍白。

她让我给她倒一杯温水。

我端过去。

我看着她的眼神可能让她难过。她拍拍我的头说，好心肠的小弟，没事，一会儿就好过了。

她喝了一口水，对我挤了一下眼睛，笑道，妈的，当一个人不想混的时候，别人都骑到他头上来了。

我懂她的意思。但我不知该说啥。

她突然对我说了一句英语：I pride for meeting you and your forever friendship.

她说，人这一辈子可能真没意思，也只有看到你们这些小孩，我才觉得纯一些，谢谢你，好心肠的弟弟。

我说，你为什么还待在这儿？可以走啊。

她看着我，好像恍惚，她说，要不是我妈得了胃癌这阵子需要钱化疗，我现在就拎包走人。她又笑着摇头，说，也可能，哪儿都一样，是我跟不上了，是因为我不想跟了。

她拎起那张被打回来的报表，对我说，我爸妈把我培养成研究生，我读书的时候很优秀的，哪想到现在混成了这样。

我看着她迷糊的脸，我说，你嘛，对自己也别要求太高。

她推了我一把，说，别理我，我快得忧郁症了。

有一天上午，我拎着拖把上楼的时候，看见朵朵正从七楼下来。我知道她又躲在上面抽烟了。

我叫了她一声。她冲我一笑，说，快开学了吧？

我说，是啊，下星期开学。

她说，回校了，可别忘记姐姐。

我说，当然，一定常来找你玩。

她说，姐没什么纪念品给你，要不送你个本子？

我说，算了吧，又是本子，初中毕业的时候同学都送本子，哪天，你给我买双"耐克"吧？

她笑，要求还挺高，你怎么不早说？

她扭着腰，往楼下走。我问她去干啥。她说，去曼瑞大酒店，单位在那里搞一个应酬，要去干活。

我说，别喝多。她说，没事。


我拖完地，回到办公室。翠萍拿着一大叠宣传册，让我去一趟曼瑞大酒店。她说，朵朵这人，也太粗心了，把这忘记在这儿了。

我去曼瑞，到大厅，才知道活动安排在空中花园。

我上去，看到满天台的鲜花，白色桌椅，单位请来的关系户坐在阳光下，场面浪漫。

我找朵朵。我看见她端着酒杯在陪黄峰等领导给关系户敬酒。她脸色泛红，阳光和鲜花之间，看上去很夺目。她看见我手里的宣传册，像看到解脱之物，搁下酒杯，奔过来，开始分发。

但黄峰还是把她拉过去，敬客人酒，黄峰对我说，发资料这事，小伙子干。

我发完了宣传册，回头，不知她去了哪。

我知道她喝多了。我以为她去了洗手间。

后来我绕过天台，看见转角的最顶头，她背靠着栏杆，在歇气。

我看着她的背影为她难受。我不知怎么安慰她。你有办法吗？

我走过去，说，嗨，你没事吧？

她对我点头，说，妈的，喝多了，我想走了。

我去向服务员要了一杯温水，回来的时候，看见朵朵又被人拉着在那里喝了。

她皱着眉，一边往嘴里灌，一边说，我不行了，我不行了。

关系户们在夸黄峰，老黄，你手下行啊。

朵朵放下杯子，说，我喝不过你们，我认输好了。

黄峰瞅着朵朵，笑道，我可不认输的。

朵朵用手点了一下杯里的酒，点在脸上，说，你看，我落泪了，算我输了好了。

所有的人都笑了。他们说，美女这点量，我们不相信的。

"你们不相信，我就要逃跑了。"

朵朵倚着栏杆，在笑。她倔强的脸。

阳光明媚，所有的人都在笑。

她真的跑了，再没有回来。

# 放假后

## 二十二、笔记本

黄峰像一只吓晕的熊，说，我没拿笔记，我不知道什么笔记。什么笔记？我没拿笔记。

朵朵失踪了，没有留下一句话。

朵朵说不是每个人都想那么过。

我17岁，其实我不太懂她到底怎么了。

生活中有许多缘由我不知道。

我还小。我相信我只看到了她的一点片段，而不是全部，但它们已足够让我惊异，伤心。

我趴在文印室的桌上，别人可能以为我在睡觉，其实我在哭。

我想她怎么就这样跑了。

有吵声从隔壁公关部的办公室传来，一路吵闹到走廊上，向右边传过去。

我们伸出头去，见一个壮实的老伯在拼命地砸黄峰办公室的门。

他们说这是陈朵朵的爸爸。

黄峰终于开门出来，说，我们也不知道她跑哪儿去了。

老伯一把捏住黄峰的脖子，把他往墙上按，老伯说，还我女儿，还我女儿！好好的一个乖囡高高兴兴地到这里来上班，眼瞅着一天比一天不开心，最后不知道跑哪儿去了，你给我还回来！

蒋耀他们拼命拉。老伯的手死死地按着，按得大猩猩差点翻白眼。

老伯老泪纵横，对我们说：

别以为我们不知道她有多么不开心。

别以为我们工人家的小囡好欺负。

别以为我们不知道，这么斯文的地方比粪坑还脏。

别以为我们不知道会拍会傍不要脸的都能混，而老老实实的小囡就被欺负。

我早想揍你了，难为小囡想在这里混口饭。

你把她的一个本子藏哪去了，你给我拿出来！

她妈说她有一个本子，她不开心的时候总往上写写画画，我找遍她办公室抽屉都没有，你给藏哪去了？

你给我交出来！

黄峰终于被蒋耀他们救出来。他们扳开朵朵爸的手指，架着黄峰飞快地往会议室躲。

黄峰像一只吓晕的熊，说，我没拿笔记，我不知道什么笔记。什么笔记？我没拿笔记。

我跑出了设计局大楼。我发现我在街边走。

到黄昏灯亮起来的时候，我发现我走过了第三街、第四街、时代大厦……

好几个傍晚，朵朵都这样走，我知道她要透一口气，像鱼一样透一口气。

我想，是人生真的这么苦，还是我这个阶段，她这个阶段，才这么苦？我走得很快很累，眼泪才来不及从眼睛里落下来。

但我想着再也看不到她了，还是感觉眼睛里有水。于是，就好像看见她在前面一个十字路口等红灯，突然回头对我说，小孩，别跟着我。

我记得就在大前天她告诉我，她没像我想的那样需要有人跟着。

但其实我知道，她其实喜欢我跟着她。因为这至少比她一个人逛要好。

我记得她有一天说，你老跟着我，是不是因为姐时髦好看？我支支吾吾，好像也不是。

我看着满街的人，突然像在做梦，我想今天出的事是不是真的。我走啊走啊，后来我逛进了商场。我看过耐克柜台，就去了地下超市。我看着菜刀剪刀，想着那天她看着它们的样子，就被服务员阿姨推了一把，她说，看啥啊，实名啦。

我飞快地跑了，我想，哪有那么多意思，也许那天她只不过是真的需要买一把剪刀。

后来我坐在火车站广场的台阶上，对着满广场的人，想着再也见不到她了。有一个家伙凑过来，问我走不走。我说，我是盲流，别理我。


我回到家的时候，妈妈还没睡。她说，你怎么回来得越来越晚了？

我说，单位有事。

她说，你别去上班了，明天开始别去了。

我说，我得把钱拿回来。

我去卫生间洗脸。我听见她说，你可能都不知道，你现在话越来越少。

那天晚上，在睡梦中我迷迷糊糊看见自己走在单位的长廊里。走廊那头，是黄峰的声音，他说，你在这里干吗？

我拔腿就跑，心想，他说得对，我在这里干吗？

我惊醒过来，天已大亮，我骑着车就去单位。我想，今天去把工资拿回来，就不再去了。

我骑啊骑啊，想着昨天朵朵的事仍然像是做梦。我骑了半天，发现我没骑到单位，而是到了曼瑞大酒店的门前。

我被自己惊了。心里一阵起麻。我来这儿干吗？

我不是要去单位领钱的吗？

夏天的阳光打在身上，一大早就很晃眼。酒店门前鲜花环绕，一条横幅写着：

热烈欢迎卫生城市考评团入住本店。

# 放假后

## 二十三、笔记本显形
我看见本子里夹着张字条，"小男孩，这个帮我给我爸妈，帮我留着"。

我坐在公关部我的座位上，整理我的抽屉。

我准备撤了。下午就撤了。

我刚才去了趟财务科，领了这两个月的钱，有2100块。这么多。我想我妈会高兴的。

我把我的作业本、几本书往书包里装。我想下午就走。

我心里挺乱，头有点痛，可能是有点感冒了。

我的手突然像触了一下电。

一本淡红色的本了。

压在我抽屉底层。


一本淡红色的本子。

我心狂跳起来。

我环顾四周，办公室里没人，翠萍不知去了哪儿。

我看见本子里夹着张字条，"小男孩，这个帮我给我爸妈，帮我留着"。

我翻着本子。"当没规则成了规则，其他的路就成了没路。""如果贱了才好生存，是不是人这一生就为了和自己过不去？""总是看到那些既没才能又不善良的家伙凌驾于老实人之上，我对丛林、对自己都没了信心。"……我不太懂她的意思，但觉得一个个字迹好像在烧。

从笔记本的底页往前翻，有几张"正"字图。一笔一画，写着"正"字。就像我们评"三好学生"。满满两张。

这是什么意思？

我细看，惊到不知自己坐在哪儿。

原来，大猩猩每次摸一把搂一把骚扰一把，她都给他记着。像考评，给他评分呢。

我对着朵朵的这本子，傻掉了。


突然有人进来。

他冲我"呵呵"地笑着。

他随手把办公室的门给关上，从里面锁死。

他"呵呵"地笑着走过来。

我惊跳了起来。

是黄峰局长。

他说，小伙子，我来看看你。

我用手按住桌上的淡红色本子，想遮住它，一边将它往旁边的报纸堆里挪。

无效。因为黄峰正盯着它呢。

他冲我神秘地一笑，说，我知道你是谁。

# 放假后

二十四、说吧，你自己说

我说，屁，一百个人都对我说别管大人的事，但不正是你们叫我们共产主义接班人吗？怎么又不让我们管事了？

黄峰局长站在我的桌前，眼睛盯着那个本子。

他诡秘地笑，说：

我知道你是谁。

你是我的亲人。

你是我老婆彭珍丽的小亲戚。

所以你是我的自家人。

呵呵，我早知道你是谁了。

人事处老黑早和我说了。

小伙子，我不说穿，只是想让你多锻炼锻炼，你干得很棒。

还嘴紧。我很为你骄傲。

实习工资，可能发得有点少。没关系，姨夫这儿另发一份。


他就去掏钱包。

他掏出一叠钱，往我桌上放。

他顺手按住我的手、我的淡红色本子，盯着我，大概想顺了它。

我盯着他，咬着嘴唇，心里"怦怦"乱跳，不知该怎么吭声。

他顺不走本子，就放开手，笑，说，呵，我到处打听，到处找，是不是真有那个东西，呵，后来我突然灵感来了，就想起了你。

我想起你，这证明我的感觉对头，呵呵，可不是。

我的小亲戚，你真的很灵光，帮我这姨夫守着呢。

你知道我是怎么想起你的？

因为翠萍告诉我你是朵朵的好朋友？不，是我想起那天早晨，你在酒店逗我呢。

其实，那天早晨我就想告诉你，我是你的姨夫，这很好笑是不是？

以后你考上大学，毕业来这儿，跟着姨夫一起，会有出息。

他又把胖手按在我那只压着淡红色本子的手上，他把嘴凑近我的耳朵，说：

你要这东西干吗？

说真的，这东西，是女人的东西，女人的东西总是很偏激很情绪化，你要它干吗？

女人今天看你顺眼明天说你流氓，没一句真话。

离她们远一点，才不会生事。这是姨夫的体会，沉痛啊。

她们很会骗你的，让你动感情，让你讲义气，比如让你这样的小孩对她们动感情，别信啊。

来给姨夫看看，她写了点啥。

她这么东写西写，是个文学青年，酸不溜丢，才会想不开，因为生活不是文字，不是装纯哪。

这鸟人叽叽歪歪。

我觉得空调是不是开大了，身上直发冷。

他伸手来夺我按在桌上的淡红色本子。

他搂住我的手，想拽出本子。我低头咬了胖手一口。

他叫了一声，往后退了一步。他说，呀呀，你这小孩子，怎么这么倔？那东西有什么好的？你以为我真的怕她写了啥？我才不怕呢。我只是怕多事，这个单位今年事儿太多，队伍不好带啊，我本身不怕这本子可能对我的造谣，但我怕单位多事，人心不稳，被别人看笑话，从而影响工作，被别有用心的人利用。

我说，屁。

我扬着本子，说：

你知道这里面是啥？

这里面有你的恶心记录。

不是所有的人都是绵羊。

不是所有的女人都是贱人都想傍你。

你别装了，你不怕？那你就走啊。

我要把它还给朵朵的家人。

我还要把它交给彭姨。

让他们看看，你这大猩猩。

你还领导呢。

你说你没责任，没错。但这本子，会让你名声大臭，甚至这个官都没得当。

你太知道这个了吧。别假惺惺装不怕了。

我从小最恨的就是假，就是装。

黄峰突然"扑通"一声跪在我的面前。

他说，我的小老亲戚，求求你了，姨夫向你低头，你思想这么好，大义灭亲，姨夫是恶心，恶心！比姨夫恶心的人太多太多，和他们比，姨夫只是倒霉了点，遇上了朵朵这么一个烈女。

他说，我哪想到我遇上烈女了。

他说，你小小年纪批评我，我接受，连我自己都恨我自己太乱了，但不知怎么搞的，就是管不住自己，其实我每次都在痛骂自己，所以对不起你的彭姨。是彭姨让你看着我吧？我知道她这点意思。但小哥们，你还小，别掺和大人的事。

我感觉空调很冷，头越来越痛。

我说，屁，一百个人都对我说别管大人的事，但不正是你们叫我们共产主义接班人吗？怎么又不让我们管事了？

他看着我发愣，可能不知我在说啥。

他那憨样丑样让我生气。于是我说，你们是怎么混的？

我说，你们是怎么混的？你们把社会混成这样，让我们怎么混？

他看着我不知怎么办。

我对着他说啊说啊，说到头晕，发冷。

我感觉和高老头合二为一啦。

面向黄峰，以其理治其人，所向无敌。

黄峰脸红得像片猪肝，差点疯啦。

他说，求求你了，是我不好，你把本子给我，给我。

他开始扇他自己耳光。他说，是我不好，我不好，我不好。

我瞠目结舌，简直不相信我的眼睛。

我听见从隔壁办公室传来了"好球"的声音。一台电视机在播世界杯。

他们一定不知道，这楼里的老大此刻正跪在我一个中学生面前，狠扇自己耳光呢。


我按着手机。

空调真开大了，房间里很冷，我觉得从后背开始发冷，头很痛。

我想我一定是感冒了。

黄峰突然一跃而起。他这么胖，怎么一跃而起的，我一直想不明白。但他真的一跃到我跟前，生抢我淡红色的本子。

我抱着本子，往后一闪。我冲到门口，开门，就往外冲。


我顺着楼梯往下冲。他在我后面追。

许多人站在一边，看着我们，不明白我们在干啥。

他们看着他追着我，从五楼下四楼，绕着立柱，转一圈，再往三楼、二楼，到一楼大院，我跃过冬青，像刘翔一样。他追啊，我听得到他像风箱一样的可笑声音，他叫，啊哟妈，啊哟妈。

没人拦我们。我听到不知是翠姨还是张红在说，他们这亲戚俩是在逗着玩呢，还是在健身跑啊？

我狂奔到大门口，一眼看见彭姨正往大门进来。

我不知道她来干啥。

我向她挥着淡红色的本子。

我把它塞到她的手里。

我拉住她的手臂。我觉得头痛，眼前很模糊，我想坐一会儿。

我在想一个事，陈朵朵是女的，彭姨是妇联的，于公于私，交给妇联，相信妇联，没错。

我想坐一会儿。我好像还看见了板寸头贝贝。这些天她老在大门口东张西望，她是在等我还是在守她爸韩喜秋，还是在门口听八卦？我说过，这妹妹有点"八"的。

贝贝的脸在我面前晃，我说，手机，手机。

她朝我点头。

我知道她懂我的意思。

# 放假后

## 二十五、结局

隐约中，我听见了她的声音，"可别忘记姐姐"。

我说，好的。

我病了。

我妈说我在床上没声没息，高烧了一星期。

等我睁开眼睛，我看见一个医生坐在我的床边。

她对我细语，我想她在说啥呢，我问，你说什么？

她说，要学会忘记。

她指着窗外的阳光给我看，她指着桌上的月季给我看。

只有窗外的蝉鸣，好像有一丝隐约的夏天的熟悉。

我还看见了彭姨。

她冲我愧疚地笑。

我看着她，像一场很远的梦，有那么一刻，我甚至怀疑，那些事那些人影，是我的梦境呢还是真的发生过。

她揉了揉我的额头，让我别多想。

她把嘴凑近我的耳朵，说了一句：我把我们家的瘟神开除了。

我还看见了高老头。

他穿了件老头汗衫来看我。

他说，别急，养好病再去上学。

他还告诉我，电台停了他的节目，嫌他娱乐性不够强。他说，本来就不是娱乐，他们认知错误。

他说着说着，就激动了，他指着我说，孩子，你这事为什么把人给震了？这说明，只有当这种事被推到我们孩子跟前时，我们才感觉受不了，可悲哪。

我想，他在说啥？

医生把他劝了出去。

板寸头贝贝也来了。

她拎着一大袋话梅，她说，你啥时好啊？

她说，你太牛了，你用手机拍的录像"跪扇自己耳光的人"，被评为本季度最伟大视频，太牛了，网民建议直接冲击奥斯卡最佳纪录片。

我想起来了。但好像还是不真实。

贝贝看医生使眼色的样子，连忙就撤。

她走到门口，回头说，我们队伍空前壮大，上百啦。


两个星期以后，我回到学校，坐进了教室。

我好像是从哪里漫游了一趟回来。

其实我是实践归来。

同学们躲着我笑。

我觉得他们挺幼稚，有什么好笑的。

关于设计局，我后来陆陆续续听说，朵朵失踪，黄峰虽不构成直接责任，但他因朵朵笔记和"跪扇耳光"视频，引起一片哗然，上面领导大为光火，于是查，结果给查出了个经济受贿。

我心情平静。我17岁，我该学会只记住让自己高兴的事，否则有太多事非得让你脑袋爆炸。

秋天快来了，夏天正在远去。

我背着书包，骑着自行车，在学校与家之间，来来回回。

他们说我长大了，没人提我夏天的事。只有清晨窗外渐渐稀少的蝉鸣，在我睡意即将消散时分，会唤来一丝夏天刺痛的气息。隐约中，我听见了她的声音，"可别忘记姐姐"。

我说，好的。

# 放假后

后　记

我相信这是一篇奇特的小说。我在写的时候，是夏天。酷热中，感受一双少年的眼睛在注视着这个世界，荒谬的成人世界，捉襟见肘的价值观……

　　我们平时是怎么教育他们的？我们自己信吗？我们平时又是怎么经营这个世界的？别以为他们不知道，他们暂时不说，是因为他们知道说了也没用，但这并不意味着他们不知道。

　　这个世界，这些成人，那样的处世，似乎已理所当然，但当那些"荒诞"被推到孩子、推到下一代身上时，我们才觉得不可忍受。这一点，类似于食品领域中的"三聚氰胺"。

　　我想象了一个孩子的成长，成长于我们已习以为常的某种社会价值和道德沦丧。

　　事实上，即使在他们面前，这个世界也已来不及顾忌。但，这种无所顾忌，难道没有未来的代价吗？

　　谁都该知道种瓜得瓜，种豆得豆，这个世界在播下什么种子？

　　我采取了夸张的写作。作为一名记者，我的灵感来源于真实的"少年捉奸队"新闻事件。我用夸张的方式将它阳光处理，将少年的反抗天性，与"反腐"、"潜规则"相联。它是一篇少年视角的反腐题材小说。但我还写出这个时代少年的成长困境。

哪些是假的？哪些是在装？这个时代，是不是假装得从少年开始？传统的价值观教育与逼真现实的悖理，让转型期社会的成长主题变得古怪。所以，我设想了一场"深夜辩论赛"，进行悖论的呈现，和陷身其中的小人物苦恼情感的呈现。

一个孩子在职场中穿梭。他眼睛里的疑问，是这个时代的疑问。他的愤怒，是埋藏在我们心里的天性、善良。一个孩子在成人中穿梭，目睹我们已习惯了忍受的道德命题。他的反抗，掩映了忍受的可笑。

小说中的朵朵，代表了草根最可贵的本质。她和少年，是我写作过程中的暖意。

今天的读者已不习惯绵长的阅读，所以，我试着用网络的短语，写出节奏。我想，这也符合少年利落的心态，以及目击人生最初困境时的少年情绪。